# キミの忘れかたを教えて

あまさきみりと



角川スニーカー文庫
21018

Contents




口絵・本文イラスト／フライ

口絵・本文デザイン／
百足屋ユウコ＋たにごめかぶと（ムシカゴグラフィクス）

# プロローグ

別に——いつ死んでもいい。

青春から逃げたゴミクズの末路など、所詮そんなものだ。

漠然と自虐的に思い耽《ふけ》ったのは、病院で余命宣告に等しい説明を受けた瞬間だった。

白衣の医者が醸し出す重苦しい空気。それ以降の長台詞《ながぜりふ》は右から左に抜け落ち、薬臭い正方形の診察室から去った後でも、虚無感すら抱かない。抱けない。

自分で料金を支払っていないスマホ。

流行《はや》りのソシャゲやアニメ情報を画面越しにチェックしながら、駐車していた軽トラックの助手席で空っぽな思考回路を働かせる。

やべっ、デイリーの任務を忘れるところだった。

早めに長時間遠征も出しとくか。レベルを上げておかないとイベントがきついし。

もう秋アニメかよ……。夏アニメもあまり消化できてないのに。

毎日毎日、毎日毎日、延々と。

寝ているとき以外は、こんなことにしか思考を使わない。

余命なんて宣告されたとしても――底辺の思考回路は、微々たりとも変動しないのだ。

「ヒマならエンジンかけて暖房入れろや。さみぃっつーの、ボケ息子」

運転席側のドアが雑に開いたと思いきや、不機嫌そうに眉をひそめた女性が乗ってきた。

ローズブラウンのロングヘアーは寝癖で波打ち、耳元には煌《きら》めくピアス。

色落ちしたデニムを穿《は》き、メンズ向けのダウンベストを着込み、薄汚れたスニーカーの靴底を足元のペダルに置いている。

俺はスマホ弄《いじ》りを止《や》めず、液晶画面を凝視しながら、

「どこ行ってきたの？」

そのアラフォー女……じゃなくて、自分の母親に問いかけた。

「……あぁ？　コンビニでコーヒーと肉まん買ってきたんだよ」

「それだけにしては、少し遅かった気がするけど」

「うっせ。二分くらいしか経《た》ってねーだろ」

いや、十五分以上は待った気が。子供っぽい母さんは二分と言い張るだろうけど。

威圧的な台詞の節々や、無駄にしかめた表情が元ヤンの名残を感じさせた。母さんは軽トラのエンジンをかけ、車内の暖房を強めに変更。

コンビニ袋を漁《あさ》り、もう一つの肉まんを差し出してきた。

「一個食べていーぞ。聖母のように優しーい母に感謝しながら食え」

「俺、金持ってきてないんですが」

「んなもん最初《はな》から期待してねぇ。お前がアタシに金払ったことなんて一回もねーだろ。いつもポチポチと弄くってるケータイ代も、今日の診察代も誰が払ってると思ってんだ？」

当然の如く鼻で笑われた。ぐうの音も出ない、マジで。

香ばしい肉ダネの湯気を鼻腔《びこう》に浴びながら、二つに割った肉まんの片割れに齧《かじ》りつく。自分以外の金で食べるご飯は美味《うま》い。情けない、惨め、なんて負の感情は、だいぶ前に消え去った。親に奢《おご》られる肉まんは禁忌の美味。親の金でするソシャゲは罪深い。

自らの分を食べ終えた母さんは、軽トラのギアを手馴《てな》れた動作でチェンジ。総合病院の駐車場から車を発進させ――

「うわっあぁぁ⁉　ぐあっ⁉　な、ななな、なにっ⁉」

発進した瞬間に豪快なエンスト‼

前後左右の大きな振動に見舞われ、俺は情けない悲鳴を漏らしてしまう。ほんの数秒で揺れは止まったものの、俺も母さんもダッシュボードに突っ伏していた。

エンストなど自動車学校で経験して以来だし、日頃からＭＴ車に乗り慣れている母さんがやらかしたのは、俺の知る限りたぶん初めて……だと思う。

「……勘弁してよ」

「……チッ、うっせ。昔からドジっ子なんだよ」

それ以上ツッコむな、イジるな、殺すぞ、みたいな舌打ちと猛獣の眼光は、ドジっ子のそれじゃない。拳が飛んできそうなので、とりあえず口を噤《つぐ》んでおいた。

気を引き締めた母さんが、今度は軽快に車を発進。家の方角へハンドルを切る。

「……ねえ、母さん」

「んだよ？　まさか具合でも悪くなったか？」

珍しく心配そうな母さんに罪悪感を抱きながらも、

「せっかく市内に来たんだから、ＴＡＴＳＵＹＡに寄ってください！」

「は？　窓から放り出すぞ」

両手を合わせて頭を下げると、母さんは煩わしそうにレンタルショップへ進路をとってくれた。なんだかんだ、優しくて甘い。顔に似合わず、と言うと怒られるけど。

漫画本やゲームソフトを母さんの支払いで買い込み、早く帰りたい運転主に急《せ》かされながら市内の中心地を去る。

四十分くらい車を走らせると、風景の大部分を水田や森林が支配するようになった。

稲刈りも終わりかけの季節。

既に水は抜き取られた大半の水田が、乾いた土色に変貌している。チェーン店などは存在せず、個人商店や食堂、小さい旅館が疎《まば》らにあるだけの田舎道。

アウターを羽織らないと肌寒い。二の腕に浮き立つ鳥肌、雲から顔を覗《のぞ》かせる太陽の暖かさ、飛び交い合唱する秋の虫たち、道路脇に群がる枯れ草、ローカル線路沿いに生い茂る秋色の木々や鮮やかな葉っぱ……この情景が、感覚が、色彩が、すべて懐かしい。

「おい！　相沢のジジイ！　稲刈り手伝ってやろーか？」

運転席の窓を開け、道路を走っていたコンバインへ追い抜きざまに雑談を浴びせかけた母さん。近所に住む爺《じい》さん相手だから、和やかな軽口を言い合っているのだ。

俺は可能な限り、身を屈《かが》めて姿を隠していたけれど。

だって、嫌でしょ。働いてもいないやつが、地元の人たちに姿を晒《さら》すのは。

松本《まつもと》さんちの息子さん、久しぶりに見た！

あぁ～、働かないで実家にいるんだっけ？　これからどうするんだろうね？

世間話の種になることが容易に想像できてしまう。

思考が淀《よど》んでいるうちに、こぢんまりした平屋の自宅に到着。庭の端っこへ雑に駐車した母さんは、そっとキーを回してエンジンを切り、サイドブレーキをギギっと引いた。

「手術……するんだろ？」

さっきまではヘラヘラと陽気だった人が、やや声色を落としながら尋ねてくる。喉の奥に痞《つか》えた異物を吐き出すかのように。

「まだ決めてない。ちょっとだけ……考えさせてほしいと思ってる」

「……そっか」

怒られるかと覚悟したが、意外にも軽薄な反応で戸惑う。運転席のドアを開けて下車した母さんは、足早に実家へと戻っていった。

まあ、じっくり考えな——そう言い残して。

鼻を撫《な》でる不快な残り香は煙草《たばこ》。恐らく、さっきまで運転していた人のもの。容姿や言動はヤンキー崩れだが、酒や煙草は避けていると思っていた。

嗜《たしな》んでいる姿を見たことがないからだ。

いや、一度だけ、微《かす》かな記憶の奥底に眠る面影。あれは、いつのことだったかな。俺がまだ幼くて、父さんが病気で亡くなった頃だったような気がする。

そのときの母さんは、瞼《まぶた》を腫らしながら土砂降りのように泣いていた。

……まあ、無理に思い出すことじゃないか。


ゲームや漫画本が散乱した自室に戻った俺は、昼下がりにも拘《かか》わらずカーテンを閉め切る。ベッドに転がり、買ったばかりの漫画本を熟読。

漫画を読み終えたら、今日は朝までゲーム三昧だな……と、いつもの行動パターンを思い浮かべるも、時間潰しの娯楽に隠れた虚《むな》しさ。

なぜ、今の俺は妙な冷静さを保っているのか。

レアキャラが出ないソシャゲのガチャに苛立《いらだ》ったり、煙草の匂いに気付いたり、遠い過去を思い返したりできるのだろう。地元の町を懐かしいと感じられるのだろう。

他人事《ひとごと》だとでも思っているのか。客観視している自分に酔っているのか。

手術をしても、五年生存率は三十パーセント前後。根治は実質不可能らしく、何も手を施さなければ、半年から一年ほどで命を落とす可能性もある。

働かずに飯を食べて、時間をゲームやネットで喰《く》い潰し、排せつ物を製造し、特に疲れてもいないのに眠るだけ。入院や延命手術なんてする必要はない。

仕事も恋愛もしない無価値な人間に、親の貴重な金を使わせることが無駄なのだ、と。

二十歳《はたち》の無職引きこもり男。

名前は松本　修《しゅう》。

夢もなく、目標もなく、打ち込めるほどの趣味もなく、最低限の税金すら納めないという、すぐに消えても差し支えない存在。

延命したところで、再発しなかったところで、この無意味な人生が期間延長するだけ。

だから別に——いつ死んでもいい。

青春から逃げたゴミクズの末路など、所詮そんなものだ。

＊＊＊＊＊

「今日は大丈夫……か」

翌日——昼下がりでも薄暗い自室で目を覚ます。

体調に大きな変化はなく、いつもの日常と変わらない遅めの起床。一週間ほど前、起床したと同時に鈍い頭痛と吐き気に襲われたことが、精密検査を受けたきっかけ。てっきり、近隣住民のコネで内定をもらった工場の入社日が間近だから、精神的なストレスが原因だと安易に考えていた。

入社前の健康診断で医師に相談してみると、市内にある総合病院への受診を勧められ、昨日の結果に至る。どさくさに紛れて、工場も内定辞退してしまったけど。

「夜勤とか三交替制とか、残業四十時間……寿命縮むだろ……」

余命宣告されたお前が何言ってんの、という感じのくだらない言い訳。半年も実家にこもっていると、逃げ癖にも磨きがかかる。

どうして一日、九時間も拘束されなきゃいけないんだよ。週に五日以上も労働しなきゃいけないんだよ。休日でも同僚と社員旅行とか飲み会とか、きつすぎるだろ……。かといって、すんなりホワイト企業に就職できるとも思えない。

大学中退の理由も深堀りされるだろうし、給料や休日が魅力的だからなんて正直に話せば不採用。普通の生活をするための労働なのに……意味が分からねぇ。

生きていても仕方ないな、俺。

台所に足を運ぶと、テーブルにはラップをかけられた炒飯《ちゃーはん》が置かれていた。母さんが作る料理は、男が好きそうなものが大半。というか、本人が好きなのだ。

黄金の卵に包まれたパラパラの米粒や、焦がし醤油《しょうゆ》で炒《いた》めた香ばしい風味が食欲をそそる。ヤンキーが作る炒飯は、特に美味い法則……間違いない。

「依夜莉《いより》さーん、牛乳置いとくどー」

　玄関から響くのは、聞き覚えのある中年男性の声。知人の親だ。台所にいた俺の気配を母さんだと勘違いしたんだろうが、昼間は仕事に行っているから基本は不在だよ。

　まあ、俺の場合は居留守を使うよね。地元の住民とは極力絡みたくないのが、ニートの性《さが》だもん。俺は台所の景色に擬態し、息を押し殺す。

見つかったら絶対に面倒だ。早く帰れ、帰れ。帰れ。届けに来たビン牛乳を置いて帰れ。

「あっ、修くんかぁ！　大きくなったっちゃあ！」

　ばっちり目が合う。うわぁ、見つかってしまった。玄関から微妙に台所が覗ける間取りなので、さすがに無視するわけにもいかず、俺はのろのろと玄関へ。

　記憶に残る姿より老けたオッサンへ軽く会釈しながら、当たり障りのない挨拶をした。

「依夜莉さんには『東京の大学に行った』って聞いてたんだけども、今は帰省してるの？」

「いえ……中退しました。半年前くらいに実家へ戻ったって感じです」

　察したような苦笑いを返される。

「あっ……そうがぁ。田舎者でも聞き覚えがある有名な大学だったのになぁ。だげども、まだまだ若げぇし、実家でゆっくりと休むのも悪ぐねぇど！」

「そ、そうですね。ゆっくり職でも探そうかな、と」

「こごら辺だど、旅館か工場くらいしかねぇけどもね。あとは自分の車がないと、郊外で働くのも厳しいんでねぇがな」

さすがに引きこもりニートとは言《い》い辛《づら》い……かと言って、嘘《うそ》をついても母さん経由でバレそうだから、最低限の現状は話すしかない。

生気のない濁った瞳、薄《うつす》らと伸びた無精髭《ひげ》、肩に触れてしまいそうな髪、小汚い寝間着姿……自分からはニートの濃厚な出汁《だし》が抽出できる自信がある。

ちなみにオッサンはもう定年退職し、現在は農業と牛乳配達を掛け持ちしているという。俺が子供の頃に中年だった人たちは、もうセカンドライフを意識する年齢か……。

「ウチの倅《せがれ》とは連絡とってっか？　修くんが実家にいるのは知ってる？」

「いえ、知らないと思います。あの人はうるさく茶化《ちゃか》してきそうなので、できれば言わないでくださいね」

「分がった！　暇そうにしてっから、落ち着いたら遊んでやってけれ！　とはいっても、子供がわんぱく盛りで苦労してるみたいだけどよぉ！　オラにとっては可愛《かわい》い可愛い～孫だから、お爺《じい》ちゃんとして甘やかしまぐってるげっども！　それとな、孫が～」

溺愛している孫トークに入ってしまったので、俺は愛想笑いの機械と化す。

数分ほどの雑談を終え、牛乳屋のオッサンは次の宅配先へとバイクを飛ばした。

どっと疲れたよ……。引きニートに一分以上の世間話は地獄だろ……。東京では近隣との交流など皆無だったのに、地元は平気でヘラヘラと話しかけてくるからな。つらい。

受け取ったビン牛乳を冷蔵庫に並べてから、昼食のＢＧＭ代わりにテレビをつけた。

しかし、この時間帯はドラマの再放送かワイドショーしかやっていない。

適当にチャンネルを切り替えていると、ワイドショーの芸能ニュースに目が留まる。

完全なる油断。俺の人生から切り離したはずの見知りすぎた顔と名前が――液晶画面に表示されているなんて。

『――いやぁ～、突然の活動休止には驚きましたねぇ。精神的な問題があるという発表でしたが……売れっ子の彼女に何があったんですかねぇ』

そこで組まれていた特集と、司会者が発した言葉。俺は息を呑《の》み、視線が釘付《くぎづ》けになり、昼食を食べる手が完全に停止していた。

絶えず流れてくる曲が、歌声が、鼓膜を強制的に奮い立たせる。

眠っていた意識を殴り起こしてしまう。

『――レーベルとの音楽性の違いに悩んでいた、という可能性もありますよ。彼女はまだ大学生なので、プロの音楽業界に適応できていないのでは？　とも思ってしまいます』

『――インディーズ時代と比べると、最近は少し疲れているように感じたファンも多いそうですね。我々としても、あの素晴らしい歌声が聴けないのは非常に残念です』

憶測と妄想の持論を述べるだけの解説者どもに苛立ってしまう。何も知らない連中が、ギャラ欲しさに好き勝手言うだけの低俗な空間。

しかし、俺にも関係ない。あるわけがない。部外者が苛立つのも可笑《おか》しな話だ。知らない。俺は〝あいつ〟から――逃げた。なのに、こんなところにまで現れるなんて。

俺の瞳に、耳に、記憶に……焼きついた面影と思い出が蘇《よみがえ》ってくる。

SAYANEという芸名のシンガーソングライターが、でかい箱でライブをしている映像は、俺の手を離れてからの功績。そして、部外者になった俺にとっての未知。

主要都市の単独ライブツアー、観光地での一万人フリーライブ……熱狂的な観客がプロとしての彼女に酔いしれていた。

「…………っ」

俺は頭を抱えながら、容赦なくテレビを消した。

「おい、大丈夫か？　顔面真っ青だけどよ」

ふと気が付くと、台所の入口に母さんが立っていた。地味な作業着とメッシュキャップ着用ということは、まだ仕事中ということだ。

テレビに見入っていたため、母さんの来訪に気付かなかったらしい。

「いや、体調は大丈夫だよ。ちょっと考え事をしていただけだから」

「はぁ……驚かせんなよ、バカ息子。わざわざ心配して損したわ」

「あはは……ごめん。心配して様子を見に来てくれたの？」

「そりゃあ、まあ……アタシがいないときにぶっ倒れるかもしれねーだろ？　昼休みとか休憩時間にチラッと様子見に来るくらい楽勝だっつーの」

安堵《あんど》した様子で深い息を吐《つ》く母さん。自宅前の路肩には、近所のガス屋が使うトラックが駐車してある。この地域のプロパンガスを交換したり、灯油を売るのが母さんの仕事。

地域唯一の小さなガス屋だから、ある程度は時間の融通も効くらしい（オラオラ系な母さんに対して従順な経営者と同僚《オッサン》しかいない、というのもあるけど）。

「あっ、そういえばよ、ガス交換しに行った菅野《かんの》さんちで聞いたんだが——」

何かを思い出したかのように手を叩《たた》く母さん。

「あの子が実家に帰ってきてるらしーぞ」

「あ、あの子……とは？」

嫌な予感しかない。俺の本能がそう告げている。

「お前、芸能ニュースとか見てねぇの？　活動を休止したらしいじゃん」

さっき見た。ワイドショーはそいつの特集で忙しそうだった。

さっき見たんだよ、それとまったく同じ話題を——

「桐山《きりやま》んちの鞘音《さやね》ちゃんに決まってんだろ」

ああ、この世から早く消えてなくなりたい。

露骨な時間稼ぎの末に与えられたのは、永遠にも等しい罰ゲームだ。

＊＊＊＊＊

ブンブン♪　ドッドッド♪

うーん、うっせ……。

ドン、ボボン、ブッブ、ズンズン♪

………………うっせぇ!!


数日前に頭痛と吐き気で目覚めた時とは、また別な意味での不快な目覚め。リズミカルな重低音がウーファーを経由し、冷たく乾いた空気を激しく振動させていた。

時計は、まだ朝の八時。普段は寝ている時間だから、猛烈に眠いんだが………。

カーテンからチラリと屋外を覗いてみる。自宅前の路肩に駐車しているファミリー向けのワンボックスカー。いかにもやんちゃな若者が好きそうな車だ。近所の年寄りが驚くであろう軽快なヒップホップも、この車が発信源に決まっている。

そして、こういう車や音楽が好きそうな知人に心当たりがあるんだけども！

「おーい！　しゅうーっ！」

車から降りてきた運転手の大柄な男。やめろ、大声で俺の名を呼ぶな。近所迷惑だし俺が恥ずかしいんだよ。さっさと帰れ。

「しゅう〜く〜ん。あっそぼ〜」

腹立つわぁ……。調子こいて手とか振ってんじゃねぇ。

ヒップホップ男に気付かれないよう、カーテンを閉め切ったのだが、

「正清《まさきよ》っす！　おじゃましまーす！」

おいおいおい、今……玄関のほうから「お邪魔します」という冗談じゃない単語が——

「おおー、正清じゃねーか！　てか、てめぇの車うっせぇっつーの！　クソ田舎だからっ
てイキってんじゃねぇ！　今の時代はエコカーか軽トラだっつってんだろ！」

「す、すんません！　これでも娘ができてからは、だいぶ落ち着いたほうっす！　ランク
ル売ってアルファードにしたっす！」

「マジで⁉　今度はガキも連れてこいや！」

母さんとヒップホップ男の雑談が平屋に響き渡る。なんか懐かしいやり取り……じゃな
くて、面倒な予感しかしない。追い返せ、追い返してくれ母さん！

しかし——

「おい、バカ息子。正清が来てっぞ」

落雷と勘違いする轟音《ごうおん》で自室の扉が開放された。

「お前と遊びたいらしいが、どうすんだ？　体調悪いなら断っておいてやるけどよ」

「……体調は問題ないけど、気分的にちょっと——」

「お前が部屋から出てくるまで、家の前に居座るらしいぜ？　有給も二十日余ってるとか

「なんとか」

うはぁ……マジか。

「ついでに、その伸びまくったウザったい髪も切ってこい。釣り銭はくれてやるからよ」

「……しょーがない。たまには遊んでくるかな！」

ヒップホップ男の強引さに俺の強情さが負けてしまう。決して母さんに五千円をもらったからではない。金で釣られる安いニートじゃないんだよ。

近所の床屋だとカットは千五百円……三千五百円の釣り銭は、貧乏な俺にとって大歓迎なのは否定できないが。

汚らしい寝起き顔を洗って髭を剃《そ》り、なんとか人前に出られる数少ない私服に着替えた。

なんだかんだ、まだ二十歳。これで年相応の容姿に見えるだろうか。

「たまには日光浴びて、カビ臭い身体《からだ》を綺麗《きれい》にしてこいや」

「……はぁ。行ってくるよ」

俺は溜息《ためいき》を吐きながら家を出たものの、茶の間で新聞を読みながら見送る母さんは、やや嬉《うれ》しそうに微笑を滲《にじ》ませていた。

俺が誰かと遊びに行くなんて、本当に久しぶりだから……かな。

路肩に停車している車に近寄り、運転席側の窓をノック。助手席に乗れ、的なジェスチャーを返されたので、反対側の助手席に乗車した。

予想通り、車内はやかましい。ヤンキーがタオルを回していそうなノリが爆音で轟《とどろ》くも、一先《ひとま》ずは会話のために音量を下げるヒップホップ男。

相変わらずの大柄なガタイに、ちょっと厳《いか》ついツーブロックな短髪。これでも昔よりは地味になったけど、近所のヤンキー兄ちゃん感は健在だ。

「久しぶり、トミさん」

「久しぶりだなぁ、修！　さっそぐで悪りぃけども――」

母さんには敬語でヘコヘコしているのに、年下の俺には訛《なま》り全開のタメ口なのが既に懐かしい。地元に帰ってきた、という感覚がより増幅した気がする。

簡単な挨拶を済ませると、すぐさまシフトレバーをD《ドライブ》に切り替えて、

「ドライブさ行ぐべし！」

春咲《はるさき》市・旅名《たびな》川《がわ》地区――旧旅名川町。

温泉と大自然で構築された地元を巡るドライブに出発したのだった。

豊臣《とよとみ》正清……俺は「トミさん」と呼んでいる地元の先輩。俺が小学生くらいの頃に遊んでもらっていた近所の人で、年齢は八歳ほど離れている。

こうしてちゃんと会ったのは、七年ぶりくらいだろうか。昔は毎日のように地元を遊び回っていたのだが、トミさんが就職等で多忙になったため、疎遠になっていた。

「トミさんはいちおう社会人なのに、朝から遊んでいいの？　もしかして夜勤とか？」

「お前……曜日感覚すら無《な》くしたのか？　今日は土曜だからウチの工場は休み」

「正直、最近は曜日という概念が薄いかも。ずっと実家で過ごしている弊害だね……」

そういえば、今日は母さんものんびりとしていたな。週末で休みだからか。

トミさんが働いている自動車部品工場は、地元だと有名な下請け企業。繁忙期以外の土日は基本的に休日らしい。

「どうして俺が地元にいるのを知っていたの？」

寂れた情景を窓越しに眺めながら、運転中のトミさんに問いかけた。

「はっはっは！　ウチの親父《おっとう》が喋《しゃべ》ったに決まってっぺや。田舎は狭いがら、近所の人に秘密事は迂闊《うかつ》に話すもんじゃねーど？」

「はぁ……」

「たぶんウチの親父が配達した家は、お前がニートってもう知ってるかもしんねぇ」

豪快に笑うトミさん。牛乳屋のジジィ……息子には言うなって釘《くぎ》刺したのに。あの人はトミさんの父親だから、あまり喋りたくなかったんだよなぁ。

田舎のコミュニティ力を侮っていた。伝染病のように、すぐ噂《うわさ》が広まってしまう。

でも、無職ネタで話が膨らんだから、緊張は解《ほぐ》れた気がする。以前みたいな距離感で喋れるか、少し不安だったから。

さすがに病気のことは隠しつつ、お互いの近況報告をしながら車は旧町内を徘徊《はいかい》する。

「あれ？　あそこって更地だったっけ？」

最近はほとんど近づかなかった地区に差し掛かり、俺は更地のところを指さす。子供の頃の記憶が正しければ、民家があったはずなんだけど。

「あー、上谷の婆《ばあ》ちゃんちか？　一年前《いずねんまえ》くらいに亡くなって、もう誰も住まねぇから遺族が取り壊したってよ。今はもう売地になってるど」

「……そっか」

「子供は関東に住んでるから仕方ねぇげどな。こごら辺は仕事もそんなにねぇし、若げぇ奴《やつ》らはほとんど都会に行っちまうのさ」

まともな正社員求人もないし、最低賃金も七百円台の地域だから理解はできる。その後も車が走れば走るほど、数年前の記憶と異なる場所が現れた。

パンクを直していた自転車屋、ジャンボ餃子《ぎょうざ》が売りだった食堂、住民の貴重な憩いの場だったらしいカラオケスナック……どれも建物に活気はなく、空き家と化していた。

「仕事を探してんだったら葬儀屋が良いんでね？　年寄りばかり増えでっから、儲《もう》かってしゃーない業界だべ？」

トミさんは冗談交じりに笑うが、笑いごとじゃないぃー……。世知辛いというか、深刻な社会問題の最前線にいることを、ひしひしと感じてしまう。こうして町中を眺めてみても、歩いているのは子供より年寄りのほうが圧倒的に多い。

春咲市の中心部なら公共施設も充実し、駅には新幹線も乗り入れしている。

地元の旅名川町は合併により春咲市に編入されたが、電車は一時間に一本レベルだし、降雪も多いし、商業施設や病院も少ないから若者に不人気なのは仕方ない。

リドルスターやウズエスーパーが潰れてからは、食料品の買い物も不便になった。

地区の人口は千人にも満たず、平均年齢は五十代後半……名物の温泉や紅葉も、どちらかといえばシニア世代の好みだろう。

「でも、俺は地元が好きだからな。ここで結婚して、ここに新居を建てたしさ、もっと賑《にぎ》やかな町にしてぇなぁって思ってる」

この人はまだ二十八歳なのに、もうマイホームを買ったらしい。

俺の感覚だと――結婚して子供を作り、マイホームを買うなど未知の世界すぎて。

「観光客はそれなりに来てるんじゃないかな。紅葉とか温泉は割と有名だし」

「それはそうだけども、若者がもっと永住してほしいなって思ってよ。だから町内会には積極的に参加してっし、町内イベントの企画とか運営もやってるぜ」

「どうして、そこまでできるの？」

「だって生まれ育った地元だろ？　このまま活気がなくなって、楽しかったものや思い出の場所が消えていくのは寂しいがらに決まってっぺ」

感慨に浸った。こんなことを考えられる若者が、今の時代にどれだけいるだろうか。

時代の流れという避けられない概念に逆らおうとする男……地元から逃げるように東京へ行った馬鹿もいるというのに。

「お前もヒマなら手伝えっちゃ。マジで若けぇ奴が足りてねぇから」

「勘弁して」

光の速さで拒否った。普通に無理だから。

「そういえば、娘さんはもう何歳になったの？」

「今年で九歳だから小学三年生。確か、お前も会ったことあるべ？」

「俺が中学生くらいのときにね。あの頃は幼児だったのに、そうかぁ……あの子、もう九歳なんだ……」

「まあ、嫁と結婚したのが十九歳だったしな！　すぐ子供作ったし、そんくらいだべさ」

時の流れが速すぎて気が滅入《めい》った。俺の同級生も、そろそろ結婚している奴とか出てきそう。しかし——こうして駄弁《だべ》っていると、トミさんは変わってないなぁと安心する。

多少の強引さで俺を引っ張り、陽気に笑ってくれる兄ちゃん。

子供の頃にソリで滑ったスキー場までドライブしたり、家庭のことを色々話しているうちに、いつの間にか二時間ほど経《た》っていた。

「トミさんは凄《すご》いよ。堅実に人生を歩んでいるというか、お手本みたいに順調な家庭を築いているのが、凄く尊敬できる」

俺たちが暮らす地区へと戻る道中、俺はそんなことを呟《つぶや》く。トミさんの幸せな家庭は俺にとって別世界のように煌《きら》めき、眩《まばゆ》いくらいに輝いていたからだ。

「そんなことはねぇさ。あいつみたいに——夢を追い続けて、夢を叶《かな》える人生も凄いと思うぞ。俺にはとても真似《まね》できねぇし」

「…………」

あいつ、というのが誰を指しているのか、俺にはすぐに分かった。だから、言葉を発することができない。

「……というか、この道知ってるんだけど。冗談だよね……？」

心臓の鼓動が不協和音に変わった。帰りたい、もう帰りたい。

トミさんの罠《わな》にハメられた。咄嗟《とっさ》にそう悟ったのは、周囲の風景が見覚えの塊になっていることに、遅ればせながら気付いたときだ。

知ってるんだよ。この砂利道も、やけに木々が多い立地も、俺の家からも近い農家の豪邸も。砂利が敷き詰められた広い庭には、手入れされた松の木や鯉《こい》が泳ぐ池……倉庫にはトラクターやコンバインが格納されている。

「今から行くのは鞘音の実家。アポはとってねぇけどな」

「ふざけんな！　帰る！」

俺は語気を荒らげて車から降りようとするも、もう庭に到着してしまっている。車内で身を伏せるように隠れながら、先に降りて行ったトミさんを見守った。

不規則な貧乏揺すり。外気は寒いのに額から脂混じりの汗が滲《にじ》み出《で》る。

…………静かだ。震える身体がアウター服と擦《こす》れる雑音も、まったく耳に入ってこない。ああ、やめてくれ。留守であってくれ。

俺は震えが止まらない足を揺すり、このまま逃げてしまおうか悩み続けた。

数分後、トミさんが車内に戻ってくる。玄関を開けていたので、誰かしらとは話しているように見えたのだが……。

「なぁ、修」

「……な、なに？」

「鞘音の母ちゃん、相変わらず美人なんだげっども」

八歳も先輩だけどバカだな、この人。

「俺さ、小学生の頃マジで惚《ほ》れてたんだど？」

「どうでもいいよ」

「俺が独身だったら一夜の過ち《ワンナイトラブ》はあったかもしんねぇど」

「ないない」

「旅名川の男子中学生が性に目覚めるのは……お前の母ちゃんか、鞘音の母ちゃんを見た瞬間なんだど」

「おい、やめろ」

無駄に神妙な顔でくだらないことを言うな。

「あーっ！　なんで俺の母ちゃんはゴリラみたいなババアなんだべなぁ⁉　鞘音の母ちゃーん！　来世では付き合ってくれぇーっ！」

地元の恥晒《はじさら》しかよー。

トミさんの雄叫《おたけ》びは予想以上にでかく、俺たちを見送るために庭へ出てきた鞘音の母さんに聞こえたと思う。というか、絶対に聞こえてる。苦笑いしてるし。

ちなみに、ウチの母さんとは中学までの同級生らしい。

「あいつ、いなかったわ。どっかに出掛けてるって」

「はぁああああああああああ……」

鋼より重い溜《た》め息《いき》が漏れ出た。ライブハウスの如《ごと》く騒いでいた心臓は、異様なほどの落ち着きを取り戻す。

「徒歩でどっかに行ったみてぇだけど、探してみっか？　そんなに遠ぐには行ってねぇべ」

「いやいやいや、やめよう。まだ昼じゃないけど、どっかで飯でも食べて帰ろうよ」

「うーん、そうすっか」

必死な俺に観念したのか、諦めたような相槌《あいづち》を打つトミさん。俺は胸を撫《な》で下《お》ろしたものの、シャレになってないんだよ、この状況は……。何がしたいんだ、この人は。

ふと、玄関前にいた鞘音の母さんが車に歩み寄ってきた。

「……俺？」

助手席側に来たので、俺に用事があるのだろう。身を隠していたつもりだが、普通に見えていたようだ。ドアを静かに開き、ゆっくりと車外へ降りる。

「修くん、久しぶりね。元気にしてた？」

「ええ、まぁ……そちらも元気そうで安心しました」

中学生以来の再会。この家にも頻繁に足を運んでいたから、何度も話したことはある。

おっとりとした清楚《せいそ》な美人で、垂れ下がった目尻が優しそうな印象。トミさんに同調するようで癪《しゃく》だが、田舎の男子中学生には刺激が強そうだ。

それに、風貌が似ている……鞘音と。この人の娘だから当然なんだろうけど。明確に違うのは、鞘音のほうが鋭利な眼光で勝気な性格だということ。

「昔みたいに鞘音と遊んであげてね。あの子、寂しがっていると思うから」

「もし会ったら、挨拶くらいはしておきます……」

会いたくないとは言《い》い辛《づら》いので、歯切れの悪い返答しかできない。俺が会いたくないというよりは、向こうが願い下げだろうから。

大学を辞めた等の世間話をした後、俺とトミさんは鞘音の実家を出発した。見送ってくれた鞘音の母さんに、小さく頭を下げて。

「まだ昼飯までは時間があるし『旅中《たびちゅう》』でも寄ってくべ」

そう提案するトミさん。

あまり近づきたくない場所だけど、鞘音の実家に居座るよりはずっとマシか。

一刻も早く、あいつと出会いやすい場所から離れるべきだと直感が叫ぶから。

その後、地元の床屋に寄ってもらい、爽やかな髪型に整えてもらった。

鏡に映った自分の姿を久々に見たが、肌は不健康そうに青白く、クセのある髪は伸び放題……嫌悪で直視できず、ひたすら雑誌を流し読みしていた。

そんな寄り道を挟みつつ、目的地の道中にあった旅名川大橋に差し掛かる。

今の時期、橋から眺める河川敷は殺風景。春ならば、色鮮やかな菜の花の絨毯《じゅうたん》が敷き詰められ、土手沿いには桃色の桜が咲き誇るのに。

「お前は知らねぇみたいだから言っておくが、旅中が今年度で廃校になるんだとさ」

「え……？」

口頭でサラリと伝えられた割には、胸に重く伸《の》し掛かる事実だった。

＊＊＊＊＊

一見は古びた木造旅館みたいな建造物――しかし、ここは地元で唯一の中学校。

俺たちがやってきたのは、母校の旅名川中学校だ。水田に囲まれた立地に佇《たたず》む木造校舎と、壊れたバックネットや雑草が多い荒地……いや、グラウンド。

プールなど存在しないから、夏場でもサッカーやバドミントンの体育だったな。

車を止めた駐車場からは、校舎とグラウンドが見渡せる。数少ない部活の野球部と女子ソフト部のプレハブ部室も変わりない。オンボロ校舎の周りを少し歩くだけでも、当時の記憶が次々と映像になって思い浮かぶ。

「土曜だから、さすがに生徒はいねぇべなぁ。まあ、平日でも生徒数が少ねぇから、統廃合になったんだけども」

自虐的に笑うトミさん。元々文化部は一つもないし、グラウンドには運動部の生徒すらいない。屋外の部活は野球部、特設の陸上部、あるいは冬限定のスキー部……俺たちの時代も生徒数は少なかったので、二つの部活を掛け持ちしている人もいた。

懐かしいぃいいい……という感覚より、来年度には消えてしまう風景という虚無感のほうが勝る。俺の命が尽きるのと、どっちが早いのか……まあ、どうでもいいか。

職員室に顔を出してみるが、誰もいなかった。施錠されていないということは、一人くらい出勤しているはずなんだけど。

「杉浦がいるって聞いてたんだげども、どこ行った〜？」

「杉浦って教頭だった杉浦先生？　トミさんも知ってるんだ」

「俺らんときは、担任で英語の教師だったからな。よく考えると、俺が知ってる教師はもう杉浦くらいしか残ってねぇべな」

俺は五年前まで中学生だったけど、トミさんは十三年前だし当然か。

「こういうときは、あそこにいるんじゃねぇか？」

トミさんには心当たりがあるらしい。そのまま校内の視聴覚室に案内され、

「おいーっす。おう、杉浦ここにいるんだべ？」

トミさんは臆することもなく堂々と引き戸を開けた。元ヤンの面影が垣間見《かいまみ》えた言動はさておき、脱力しながら椅子に腰掛けていた教頭を発見。

「……なんだ？　ビビるから……急にドアを開けるのはよろしくないんじゃないかー？」

基本は眠そうな表情ながらも、若干驚いたように瞳を見開いた教頭。覚えている姿より

は豊齢線や白髪が濃くなっていたが、無気力そうな風貌や喋《しゃべ》り方は変わっていない。

五十代後半という年齢を考えると、若く見える方だと思う。

「うわっ、変わってねぇな！　杉浦！　俺だよ、俺！　卒業生の豊臣正清！」

「……わ、分かった。分かったから……背中を叩《たた》かんでくれー」

懐かしさのあまり、ぼんぼんと教頭の背中を叩くトミさん。ヤンキーに絡まれている中年サラリーマンと誤解されても仕方がない。

カーテンを閉め切った部屋、プロジェクターから放たれている光、スクリーンに映し出されている洋画の一時停止……どうやら、映画鑑賞していたようだ。前後左右に設置してある音響設備も無駄に凝っているし、木造校舎内で唯一の防音仕様だったのも頷《うなず》ける。

「杉浦はサボり魔な。授業するのが面倒だからって、自分が見たい洋画の字幕版を生徒に見せてたんだど」

「……人聞きの悪いことを言うなよー。特別授業の一環に決まってるじゃないかー」

「いきなりビートルズを語り始めて、授業時間を丸々潰したときもあったべ？」

「……あれも特別授業だー。彼らの偉大な楽曲は最高だぞー」

物静かで絡みにくい教頭という印象だったけど、そんなにユニークな人だったのか。指導の一線から退いた今も、他人の目を盗んではここで洋画や洋楽を嗜《たしな》んでいたのだろう。

教頭にとって旅中は、静かな隠れ家みたいな雰囲気だったのかもしれない。

「……でも、そろそろ部屋の整理を始めないといかんねー。取り壊しが決まってるから」

「この学校、三月で廃校になるんだべ？　杉浦はどうすんだ？」

「……うむ、引退する予定だー。大きい学校だと生徒が多いうえに、保護者や先生方も煩《うるさ》いし、こんな風に好き勝手できないからねー」

「マジかっ！　まあ、やる気のない杉浦らしいけどよ！」

「……やる気だけで給料が上がる時代じゃないからねー。好きなことをやって『楽しかったーっ』と思いながら、笑って死ねる人生でありたいもんだねー」

笑って死ねる人生……か。俺には到底不可能だろう。死に際の走馬灯は薄汚れた後悔と挫折に埋もれるに違いない。

悪運で生き長らえたとしても、それは変えられない運命なんだ。

トミさんとの会話がひと段落した途端、俺の方に視線を向けた教頭。特に話したこともない間柄だから、俺の名前を知らない可能性もある。

「……キミはー」

「あ、俺は五年前に卒業した――」

「……存じている。松本修……だろー？」

「俺のこと、知っていてくれたんですか？　そんなに話したこともないのに」

立ち上がった教頭はカーテンを全開にし、差し込む日光に眉をひそませながら、デスクに置かれていたマグカップのコーヒーを口に含む。

そして、何かを思い出すように屋外を見つめ、静かに息を吐《つ》いた。

「……五年前、キミたちは有名人だったからねー。校内はもとより、春咲市の若者は熱狂していた人も多かったんじゃないかー？」

なるほど……そういうことか。

「……僕も遠目から見ていたよ。ビートルズ一筋だった僕が、時間を忘れて聴き入ってしまったー。体育館からグラウンドへ降りる階段で、キミたちは曲を奏でていたよねー」

そう言いながら、教頭は視聴覚室の非常ドアを開けた。グラウンドへの避難以外には開放厳禁の扉が開かれた瞬間、風に乗って流れてくる音。

「現役大学生シンガーソングライター……か。随分と遠いところに行ってしまったと思ったけれど……キミたちは、巡り会う運命から逃れられないのかもねー」

アコースティックギターの旋律に澄み渡った歌声。音量は遠慮気味ながら、それでも芯の通った力強い音色は、俺の意思を捻《ね》じ曲《ま》げた。

会いたくない。聴きたくない。突き放したはずなのに——身体《からだ》が疼《うず》く。

身体が勝手に、音色の方向へ動き出してしまう。

屋外に飛び出した俺は、校舎のすぐ横に沿った細い通路を疾走。花壇やプランターに足元を掬《すく》われながらも、体育館近くの階段へと駆け抜けた。

そして——出会う。

秋風に揺れるしなやかな髪は、華奢《きゃしゃ》で細身な後ろ姿を魅力的にする。悲愴《ひそう》や反抗を凝縮した勝気な瞳、ギターが似合う足の組み方、弦を弾《はじ》く細身の指先……歌声を届けてくれる薄紅色の唇に、俺の瞳は完全に奪われた。

中段に座る彼女が歌っていたのは、嫌でも聞き覚えのある歌。

当たり前だ。俺がこの場所で作り、彼女に歌ってもらっていた曲だから。

「修…………？」

「鞘音…………」

おもむろに振り返った彼女は、最上段にいた俺に戸惑いの視線を送る。

五年ぶりに再会した彼女の名前は——桐山鞘音。俺の実家から徒歩五分の家に住んでいた幼馴染《おさななじ》みであり、中学までの同級生。

再会は唐突だった。もちろん歓迎ムードなど微塵《みじん》もなく、極度の気まずさと不穏に包まれる。逃げればよかったのに。逃げるのは得意なはずなのに。

なぜ、俺はここに来てしまったのだろう。

今の彼女はシンガーソングライター。俺の隣にいた桐山鞘音はもういないと分かっているはずだった。自分の行動に理解が追いついて来ない。

「なんであなたがこんなところにいるの……？」

煩わしそうに、そう問いかけてくる鞘音。

「大学を辞めたんだ……。今は実家にいる……」

「理由は？」

「なんとなく……目標がなくて、意味を見出《みいだ》せなくなって……辞めた」

「……はぁ、変わってないのね。その場凌《しの》ぎで楽なほうに逃げていたら、いつの間にか底辺に落ちていたってところでしょ。違うならしっかり反論して？」

自分の奥歯を噛《か》み締《し》めるが、言い返せない。彼女の辛辣な言葉は正論でしかない。

「くだらない……本当に無意味で中身のない人生ね」

突き刺さるのは重苦しい溜息《ためいき》。

心底幻滅したような眼差《まなざ》しを隠さず、立ち上がった鞘音は俺の横を通りすぎていく。みすぼらしい現状を察した鞘音は、憎悪の瞳を鋭角に際立たせた。

「逃げ続けているゴミクズ男が大好きなの、わたしは」

——と、辛辣な嫌味《いやみ》で轢《ひ》き逃《に》げして。

# 第一章 中学時代のジャージを寝間着にしている女

翌日――快晴の秋空が清々《すがすが》しい日曜日なのに、俺がいるのは近所の公民館。

手足が小刻みに震えるほど肌寒い……それもそのはず。時刻は早朝の七時。夜型のニートにとっては、寝入りの時間と言っても過言ではない。

「眠いし……寒い。なんでチャリなんだよ……」

公民館の職員もまだ出勤していないから、施錠された入口前の低い階段に腰掛けて待つ。なぜか「チャリで来い」と指定されたから、中学のときに使っていたママチャリを引っ張り出してきたけどさ。アホだろ、あの人。本当に昔から変わってない。

昨日の夜、スマホへの着信を無視し続けていたら、家電にまで掛けてくる執念に根負けしたんだよ。

ぶつぶつと文句を言っていると、

「おっ！　本当に来るとは思わなかったど！」

うわっ！　だっせぇ！

ぐにゃりと曲げたカマキリハンドルや、フレームに十個以上は取り付けられた赤い反射板、後輪にはニケツ用のハブステップ……小学生だった時代は格好良く映ったものだが、今見ると激ダサすぎてヤバい。

田舎ヤンキー仕様のチャリに蟹股《がにまた》で跨《また》ったトミさんが、目の前に到着していた。

「いや……トミさんがしつこく誘ってくるから」

「まあ、断られても実家さ押しかけるけどな！　それと、旅中《たびちゅう》ジャージってお前！」

「トミさんが『汚れても大丈夫な動きやすい服装』って言ったからでしょ！　運動部とは無縁だったから、中学のジャージしか見つからなかったんだよ！」

相変わらずタチ悪りぃ……。トミさんなら実家に押しかけてくると悟ったから、嫌々ここに来たわけだが。

寒い、眠いという感情以外に、俺が「怠《だる》い」と思う理由は他にもある。

トミさんが肩に担いでいるのは……釣《つ》り竿《ざお》を入れるロッドケース。収納が多い本格的なベストを着用し、防水ズボンに分厚い長靴、オッサン臭い帽子にサングラスというガチ装備とかヤバい。俺の旅中ジャージが物凄《ものすご》くチープで滑稽に思えてくる。

「釣り、行くど」

あぁ……正真正銘の大馬鹿だよ、この人は。

俺は無言で自分のチャリに跨り、滑らかに漕《こ》ぎ出《だ》す。

「おいおいおいおいおいおい、逃げんなよ」

しかし、あえなく捕獲。日頃から肉体労働しているトミさんにチャリの速度で勝てるわけがなく、速攻で追いつかれた！

「冗談じゃない！　なんで大人の男二人がチャリで地元を爆走しなきゃいけないんだよ！　最悪釣りに行くとしても、トミさんの車で良いじゃん！」

「あははっ、車なんて邪道に決まってるべ。昔はチャリ移動が当たり前だっただろ？」

笑いごとじゃないから。もう子供の無尽蔵な体力じゃないんだよ、少なくとも俺は。

「俺と修《しゅう》と鞘音《さやね》で、チャリンコ暴走族を名乗ったこと忘れたか？」

そんな過去は今すぐ抹消したい。

「手ぶらキャンプと地元で釣り、どっちがいい？」

「……釣りで」

「よっしゃ！　お前ならそう言うと思ってたぜ！」

ダム沿いの山道（約二十キロ）をひたすらチャリで登り、何も道具を持たずに野宿するという手ぶらキャンプ。今やったら死ねるし、当時も鞘音がブチ切れていたのを思い出す。

スキー場近くの個人商店で食料を恵んでもらい、難を逃れたんだよなぁ……。

「……俺、釣り道具ないんだけど」

「糸と針とエサは貸すから、お前らの竿《さお》は木の棒とかで現地調達だど」

だど、じゃねぇよ。一人だけ釣りガチ装備で来てんじゃねぇよ。そうやって、いつも俺と鞘音は呆《あき》れながら振り回されていた……ん？

なんか今、複数形だったような。変な汗が……皮膚から滲《にじ》んでくる。

「連絡シカトされたから、鞘音を強制連行しに行くべ」

帰りてぇえええええええええええええええええええええええええ‼

「……馬鹿でしょ。行くわけないから。てか、実家に来ないで。チャリとかアホ丸出し」

桐山《きりやま》家の玄関に突撃するも、明らかに寝起きの鞘音に半ギレされるトミさん。ノーメイクの不機嫌ヅラを叩《たた》きつけられ、邪険に扱われるが、面の皮が厚いトミさんは怯《ひる》まない。

不本意ながら、俺も鞘音に同情する。この人はアホだと思う。

「しかも、修と一緒とか……」

トミさんの背後にいた俺に対する困惑の視線。無意識に、俺も視線を逸《そ》らしてしまう。

昨日の一件もあるし、普通に気まずいよな……。しかも、俺と鞘音は恐らく同じ恥ずかしさを味わっているに違いない。

服装が――もろに被《かぶ》っているのだ。

くっそ、こいつ、旅中ジャージを寝間着にするなよ！　余計な服は東京に置いてきたから、実家で着る部屋着が少ないのは察せるけどさ！　年頃の女はパジャマとか着てろ！

芋臭い中学生が二人いるみたいじゃないか……。

「お前さぁ、中学あたりから素直じゃなくなったなぁ。昔は『トミお兄ちゃん』って呼んでいたくせにぃ～」

「む、昔の話でしょ……！　くだらないことを蒸し返すな、バカ清！」

ポコポコと叩かれるトミさん。

「とにかく帰って。もう子供じゃないんだから、あなたたちと遊ぶ理由なんてないの」

追い返そうとする鞘音だったが、トミさんは切り札と言わんばかりに、スマホ画面を突き付ける。何やら、動画を再生し始めたようだが──

『──わたしのゆめは、しゅうくんのおよめさんになることです！　しゅうくんとしあわせなかていをつくって、こどもはさんにんくらいほしいです！』

「なっ……はぁ……!?」

女児らしき幼い声が流れた瞬間、眉間に悍《おぞ》ましいシワを刻んだ鞘音が、トミさんのスマホを掻《か》っ攫《さら》う。狩人《かりゅうど》のような仕事の速さだった。

今の動画は……ひょっとして鞘音の幼少期？

「おいおい、修君よ。鞘音は子供が三人ぐれぇ欲しいってさぁ――」

「あ――――っ！　あ――――っ！　あ――――っ！　だまれだまれ――っ！」

トミさんの軽口を必死に上書きしようとする鞘音。こんなに取り乱した形相をファンの前で晒《さら》したことは絶対に無いだろうな……。

世間のイメージは『寡黙な天才ソロアーティスト』だったはずだから。

「こんな動画をどこで……？　わたしの親が撮影したやつなのに！」

「予《あらかじ》め、お前の親からデータをもらってたぜ。子供の頃のかわいい～鞘音の動画とか写真はまだまだあるべさぁ、お前が釣りに行かないなら俺んちで修と鑑賞会を開くどぉ」

廊下を通りかかった鞘音の母さんが、両手を合わせて苦笑いの平謝り。

「十年以上も前のことだし～良いじゃない♪」

「良くないの!!」

お茶目《ちゃめ》な母親にプンスカと怒る鞘音だったが、

「釣り！　行く！　わたし、昔から釣りが大好きだったんだから！」

狡猾《こうかつ》なトミさんの前に屈服。恥辱に悶《もだ》えながら頬《ほお》を紅潮させていた。過去の黒歴史は誰にでもあるし、大人になってから思い返すと恥ずかしいよね。

動画の内容は俺にめちゃくちゃ関係あるけど、微妙な距離感がある鞘音との間には、もどかしくも殺伐とした奇妙な空気が滞留する。

えぐい爆弾を放り込んでくれたな、トミさん……。

後輩を手玉に取る術《すべ》を会得しているから、俺も鞘音もあまり逆らえない。

五分で身支度を整えた鞘音は、物置からピンク色の三輪自転車を発掘。俺の記憶が正しければ、お祖母《ばあ》ちゃんのお下がりだったはず。

というより、旅中ジャージはそのままですか。服装が俺と同じなんですけど。

「うっわ、そのババくせぇチャリ懐かしいんだけど！」

「うるさい。黙れ。お祖母ちゃんのチャリは旅名川《たびながわ》最速なのよ」

「なんか、お前のツンツンしたきつい口調も懐かしいな……」

「きもい。地元の恥晒しめ」

トミさんのイジりを煩わしそうに流しつつ、後輪の上に備え付けられたカゴへ、タオルや飲み物などを置いた鞘音。

どうしてお前は帰ってきた？　どうして順調だった歌手活動を休止した？

トミさんはそのような核心には一切触れない。あくまで昔のように、等身大のまま接しているように見えた。物事を深く考えないのか、単なるバカなのか。

面倒で強引なところもあるけれど——俺も含めて、救われている部分は絶対にある。

「ほら、ぼさぼさするな。さっさと行くわよ」

いつの間にか、鞘音は先頭に陣取ってリーダー気取り。ひたすら楽しかった昔の面影と重なり、俺は無意識に微笑《ほほえ》んでいた。特に会話を交わしたわけでもないのに。

戻ることはない過去の時間。この瞬間は紛《まが》い物《もの》であったとしても、数日で終わる夢だとしても、身を任せてしまおう。

流されるまま生きて、辛《つら》いことからは逃げたい。そのほうが、楽だから。

午前七時二十分、俺たちは鞘音の家をチャリで出発した。

＊＊＊＊＊

子供のときは行動力が有り余り、チャリがあれば日本列島のどこまででも行ける気がした。だがしかし、現在は旧町内を軽く走行するだけでも激しい動悸《どうき》と息切れ……翌日以降の筋肉痛が憂鬱で堪《たま》らない。

地元の中学生みたいな格好の奴《やつ》らが、口を真一文字に結んだまま水面《みなも》を見つめる。

トミさんが釣りスポットに選んだのは、チャリで十分の場所にある池……とは呼べない水深一メートル程度の堀。畦道《あぜみち》や小川から流水が集結し、水田の隅っこに溜《た》まっているのだ。濁った水面には枯れ草や木の枝が滞り、透明度は無いに等しい。

昔はトミさんがアブラハヤを釣っていた穴場だが、今日はそんな余裕もなかった。

拾った枝で作った釣り竿を片手に、無表情を維持しながら魚を待つ俺。

隣には同じように、自作の竿で魚を待つ仏頂面の鞘音。

俺の心境は困惑と疑問に支配されていた。魚など眼中になく、果てしない静寂に包まれた空気と戦わざるを得ない。ありえないだろ、この状況は。

どうして！　トミさんがいないのか！

さっきまではトミさんを中継地に会話が成立し、二人だけの会話は一度もなかった。

三人でチャリを漕いでいるときも、俺は空気抵抗を避けるランナーの如《ごと》く、トミさんの背後にぴたりと隠れていたし。

エサの虫をとって来るからそれまで頑張ってくれ〜とか、突然言い出したと思いきや、さっさといなくなってしまった。虫なんてエサ用の容器にたくさん蠢《うごめ》いているのに……。

やりやがった、やりやがったぞ、あの野郎。八年も先輩だけど、あの野郎。

……………………。

……………………。

壊滅的に気まずいよう。

たったの一分が一時間に感じる。時間の流れが遅い。虫の合唱と小川のせせらぎが異様に大きいと錯覚するほど。

俺たちが立つ位置は絶妙に離れている。お互いが両手を広げても、指先が当たらないくらいに。これが二人に生じた亀裂の深淵《しんえん》であり、心の距離なんだと勝手に思う。

手を伸ばし合っても届かないなら、片方が歩み寄るしかない。でも、離れるという選択をしたほうが傷つかない。

逃げるのは簡単、苦悩から一時的に解放される麻薬のようなもの。快楽はやがて癖になり、逃げ続けていたらすべてを失う。今の俺みたいに。

誰か、この空気を、変えてくれ。俺には、そんな勇気がないんだ。

「民衆は渇望シ、神を求めた者に舞い降リル。リーゼ、愚かナ人類の救世主《メシア》ナリ」

こう着状態を粉々に砕いたのは——派手なゴスロリ服を纏《まと》った外国人の少女だった。

同時に振り返る俺と鞘音。広大な水田の風景に不似合いな西洋の少女は、釣り竿を剣か何かに見立てながら己の眼前に翳《かざ》す。

か、かっけぇ……じゃなくて、こんな田舎にこんな少女がいた記憶はないんですが。

「その竿……さっきまでバカ清が使っていたやつよね？」

鞘音は少女に問いかける。言われてみると、トミさんが持参していた竿と同じなのは間違いない。なぜか、本格的なスピニングリールまで装着されているけど。

「この剣は争いを終結させせル正義の力なノダ」

「ただの釣り竿にしか見えないんですが」

「釣《つ》り竿《ざお》としテモ、神秘の禍々《まがまが》しい力を放出できるゾ」

俺のツッコミを、奇妙なカタコトで受け流す少女。トテトテと後方に下がり、挨拶代わりと言わんばかりに竿を垂直に振った。キャスティングだろう。

こんな水溜まりみたいな堀でキャスティングする理由は——正直分からない。たぶん、ビジュアル重視だ。美しい弧を描いたエサが水面にダイブし、静かに沈んでいく。

その僅か五秒後——

「ワッショイ！」

少女が掛け声と共に竿を振り上げた瞬間、針に食いついた魚が宙を舞う！

この少女、いとも簡単に釣りやがったのだ。この地で育った俺たちのバケツは空だというのに、余所者《よそもの》っぽい少女が……アブラハヤを。

唖然《あぜん》とする俺と鞘音へ見せつけるように、少女はアブラハヤを池にリリース。優しいね。

「リーゼと、遊ぶベシ！」

小さな胸の前で十字を切り、そう告げた少女。

あどけない純白の顔つきと低い身長から察するに、きっと中学年の小学生くらいかな。

「リーゼって名前なのか？　リーゼ……？　どこかで聞いたような……」

記憶の海原を漁《あさ》ってみると、とある結論に辿《たど》り着《つ》く。

トミさんの釣り竿を持っていることも、こんな片田舎にいることも、絶妙なタイミングで現れたことも、説明できる結論。

「もしかして、トミさんの子供か！」

「えっ……!?」

驚いたような鞘音と視線が交錯した。

「嫁のエミ姉はイギリス人だから、子供はハーフなんだよ。幼少期に抱っこさせてもらって以来だから、かなり成長してるけど」

「そのときは、わたしも抱っこした気がする。確か七年前くらい……リーゼって名前だったのは覚えているわ」

「そうそう。エミ姉の家に行って、リーゼと遊んだりしたんだよな」

鞘音も覚えているみたいだし、トミさんの娘なのは確定した。

「トミさんに何か指示されただろ？」

「平民には何も言われてナイ。リーゼ、仲間を探しに荒野を流離《さすら》ってイル孤高の存在。革命をもたラス救世主《メシア》とシテ、修行の旅をしているノダ」

さらっと平民扱いのトミさん。いや、平民は正しいけどさ、普通はパパとかじゃない？

「ひょっとして、学校に友達いないのか？」

「友は作らナイ。弱くなってしまうかラナ」

のどかな水田地帯を眺めながら黄昏《たそがれ》るリーゼ。要するに『友達がいないからヒマなので流離っている』という認識でいいかな？

あの夫婦、どんな育て方をしてるんだよ……。こんな不思議ちゃんに育ってさ……。

しかし、リーゼの登場はかなり助かった。張り詰めていた緊張感が幾分か解《ほぐ》れ、空気がほんの僅かだけ温まった気がする。マイナス二十度がマイナス十度になった、程度の実感だけど。

とりあえず、リーゼを加えて釣りを再開させたのだが——

「……何してんだよ」

「……何か問題があるの？」

「……いや、別にいいけどさ」

鞘音、小学生を放さない問題。自らの膝上にリーゼをちょこんと置き、覆《おお》い被《かぶ》さるように座りながら釣りをしている。

「リーゼちゃんは、わたしと一緒にいるのが好きだよね～？」

「うむ、魅惑の香りがして心地よいゾ。平民はオヤジ臭いケド、サヤネは凄《すご》くイイ匂いと認めてヤル。操られた道化師のヨウニ、抱き締めて突き破りたい女ダナ」

「うわ～、何言ってるか分からないけど可愛《かわい》い～♪　持って帰りた～い♪」

瞳を蕩《とろ》けさせて悶える鞘音。似合わない猫撫《ねこな》で声《ごえ》をやめろ。こいつは可愛い少女を見ると異様なテンションになるから『ロリ山』というあだ名を付けたこともある。

「ロリ山さんのロリコンぶりは健在か」

「は？　母性だって何回も言っていたでしょ。今度言ったら殴る」

鬼の形相でちょっとキレられる……。

　それ以上の刺激を加えないように、黙って釣りに集中していると、
　隣から小さな悲鳴が聞こえた。

「うっ、うぐ……きゃっ……ぁあああ……」

　鞘音が無数に蠢くエサの虫を前に、青ざめた顔を晒《さら》す。

　虫を触れないこいつは、エサを付けることができない。エサを付ける担当のトミさんもいないし、どうしていいか分からない様子で狼狽《うろた》えているのだ。

「うぃ〜」

　エサの虫をふざけて近づけると、

「きゃあああ！　来ないで！　ばか！　ふざけないで！　殺す！」

　涙目の鞘音に痛烈な張り手を腹部へお見舞いされた。

「うっ……!?」

　朝食が胃から戻ってくるかと思ったよ……。

　鞘音は人間相手だと強気だが、獰猛《どうもう》な犬や小さい虫は苦手としている。大抵は「子供の頃に怖かったから」という単純明快な理由だ。

　余計なお世話とは思いつつも、俺は自分のリュックを漁り、魚肉ソーセージを差し出す。

「……使うか？」

　鞘音の実家に向かう途中、立ち寄った商店で買った魚肉ソーセージ。鞘音はエサを触れないと思ったから、念のため買っておいたもの。

「……仕方ないから借りるわ」

口だけはやたら偉そうなんですが。

近付いてきた鞘音が遠慮しながら受け取ると、釣り針にソーセージの欠片《かけら》を付けて釣りを再開させた。何匹か釣ったリーゼはお腹《なか》が空《す》いたらしく「むむっ、もぐもぐ。腹が減ってハ聖戦もデキズ」と、余った魚肉ソーセージに齧《かじ》りついている。

「……あなたってさ、魚釣ったことないでしょ」

「……お前もだろ。ミミズすら触れないくせに」

なんか挑発されたので買い言葉。

確かに、いつも釣っていたのはトミさんだけだが。

「ソーセージじゃ釣れないだけよ」

言い訳いただきました。

「それじゃあ、虫をエサにすればいいじゃん」

「黙れ。話しかけないで」

冷たく怒られる。

ぽつぽつと、ぎこちない会話をしていると——

「おっ、やった」

俺の竿《さお》を突《つつ》く微《かす》かな感触。竿先を上げてみると、小さいアブラハヤが釣れた。ドヤ顔で鞘音のほうに視線を移したら、悔しそうに唇を噛み締めているではありませんか。

そういえば、昔から勝気の負けず嫌い。無言の対抗心をひしひしと浴びせられる。

「リーゼちゃん、ちょっと本気出すからごめんね」

膝上にいたリーゼを隣に移動させて、ぐぐっと身を乗り出し、魚が潜んでいそうな奥のほうへ針を投げ込む鞘音。踏み出した足のつま先は、もはや浮いている状態だ。

この小さい堀は幅が二メートルもない。水面近くの縁は雑草が湿っており、そんなところへ中途半端に足を置くと……

「鞘音、もうちょっと後ろに下がら――」

親切心から忠告しようとした矢先！

ぬかるんだ地面に足を取られ、心配した通り鞘音がバランスを崩す。条件反射。咄嗟《とっさ》に俺が身を支えようとするも、

――――!!

やっちまった……。二人仲良く、黒ずんだ堀に落ちてしまう。

花火よりも豪快に舞い上がった水飛沫《みずしぶき》。俺たちは腰まで水に浸《つ》かりながら、呆然《ぼうぜん》と立ち尽くすしかなかった。

「…………最低ね」

「…………こっちの台詞《せりふ》だ」

水深が浅いのは周知の事実だが、二人とも薄汚れた水浸し状態は避けられず。旅中ジャージでよかった。高価な私服や靴だったら、立ち直れなかったかもしれない。

スマホは防水だから、かろうじて大丈夫だったけどさ……。お互いの髪や顔には枯れ草が貼《は》り付いているし、全身が泥臭い……。

「リーゼ……手を貸してくれるとありがたい」

「却下。キタナイ」

ひどい。小学生にすら見放された。

「ふふっ……」

ふと、鞘音が口元を押さえて吹き出すように笑うが、

「ど、どうした？」

「いえ……なんでもないの。懐かしいなって……思っただけ」

すぐに視線を逸《そ》らし、居心地が悪そうに陸へと上がる。

俺も——同じことを思っていた。毎日を楽しんでいた頃の既視感だとしたら、なおさら現状の虚《むな》しさと喪失感が辛《つら》い。お互い、五年前とは何もかもが違う。

ぐちゃぐちゃに水を吸った旅中ジャージの二人は、水滴を垂らしながら陸に這《は》い上《あ》がったのだが、

「うわっ、二人揃《そろ》ってきったねえなぁ！　水泳大会でもしてたんだべぇ？」

待っていたのは、くっそ腹が立つ笑い声。小馬鹿にしながら戻ってきたトミさんに、妙な殺意を覚えたのは鞘音も同じだろうな！

「……寒い。このままだと風邪ひきそうよ」

小刻みに震える鞘音。この季節に水浸しは、俺でも肌寒く感じるくらいだ。

「ジャージを絞れば大丈夫だど。タオルがあるなら身体《からだ》も拭いて来ればいいべ？」

「この状態でいったん家に戻るとか、晒し者に近いわね……」

「ここら辺は稲刈りも終わって誰もいねぇから、土手の陰でも行って来ればいいべ？　どうせ鳥とか犬猫しか見でねぇど！」

「そういう問題じゃないの。野外で服を脱ぐとか……もう、田舎者はこれだから嫌なのよ」

いいべ？と平気で言い放つトミさんの図太さは見習いたいレベル。子供相手ならともかく、十九歳の女性相手に言えるのがまた凄《すご》いのだ。

ずぶ濡《ぬ》れの旅中ジャージ女が、三輪自転車で地元を爆走……近所の噂《うわさ》になりそうな恥晒しを嫌い、泣く泣く観念した鞘音が、土手の陰へと身なりを整えに行った。

堀の手前に残された俺とトミさん、そしてリーゼ。

「リーゼ！　どっちが多く釣れるか親子対決するべな！」

「身の程を知レ、平民。略奪の限りを尽くシタ人類に救世主《メシア》の裁きを与エル」

「平民、じゃなくてパパ、だべ？　はい、パパって呼んでみ？」

「お前ハ多重人格者」

「どこで育て方を間違ったんだべ……」

親子仲良く（？）釣りをしている背後で、俺はジャージの上着を地道に絞る。土手の向こうには同様に、ジャージを脱いだ鞘音がいるはずだ。

人通りがあまりないとはいえ、野外で下着姿になり、濡れた身体を念入りに拭く……そんな卑猥《ひわい》な光景を妄想してしまうあたり、まだまだ健全な男子なんだなと。

もしかしたら下着にも手を差し込み、纏《まと》わりついた汗や水分を撫《な》で回《まわ》すように――

「へっへっへ、変なこと考えてんじゃねぇど～」

へらへらと茶化《ちゃか》してきたトミさん。いや、あんたも絶対に考えていただろ。

「それにしても、鞘音とはちょっと話せるようになったんだな」

「あ……」

トミさんに指摘され、ようやく自覚せざるを得ない。トミさんが不在の間、不器用ながらも会話はできていた。本当にぎこちなく、距離感も未《いま》だに遠いけれど。

「俺が間にいると、お前らはどうしても頼っちまうべ。だからといってタイマンは可哀想《かわいそう》だから、リーゼで引《ひ》っ掻《か》き回《まわ》してやろうと思ってな」

「余計な……お世話だよ」

「そっか、そいつはすまねぇ」

見透かしているのか、軽快な笑顔を見せるトミさん。俺は足元に視線を落とし、どう対処していいか分からない中途半端な感情を押し殺す。

トミさんは奇跡でも信じているのだろうか。俺と鞘音が昔の関係に戻るなど、あり得るはずがないのに。無様に逃げたゴミクズを、あいつは許すはずがないから。

数分ほど経《た》つと、むすっとした不機嫌丸出しの鞘音が戻ってきた。若干は湿り気が残っているが、時間の経過と比例して乾いていくだろう。

「鞘音ぇ、修がエロい妄想してたど」

「……最低ね」

頬《ほお》を引きつらせた鞘音に、強く否定できない自分が情けない。

というか、トミさん余計な茶々を入れるの勘弁して。ただでさえ底辺の如《ごと》く嫌われているのに、変態のイメージまで付加されたら手の施しようがないんだよ。

その後——こぢんまりした釣りを昼下がりまで粘り、トミさんとリーゼだけが大漁だったのは言うまでもなかった。

＊＊＊＊＊

「おっしゃ！　ツーベースゥ！」

午後の晴天に、バカっぽい元気な雄叫《おたけ》びが木霊する。公園と括《くく》るには遊具がなく、空き地と括るにしてもおこがましい粗末な場所で。

市が管理する赤レンガの倉庫をバックネットとして代用し、雑草や石ころだらけの荒れた大地を駆け抜けたトミさんがガッツポーズを決めた。

おかしいだろ、これは。釣りを終えたら直帰するのが普通じゃないのか。

ベース代わりの平たい岩を拾い、野球のダイヤモンドに倣って配置しただけ。ツーベースを打ったトミさんは、ベース代わりの岩石に右足を乗せている。

そのすぐ後ろには、野菜を栽培する畑や民家……緩やかな流水の堀も横切っていた。

悪条件の宝庫と呼ぶべき空き地で――キックベースをしている馬鹿どもがいるってよ。

ルールは野球と大差ないが、守備チームがサッカーボールを転がし、攻撃チームがボールを蹴って塁を進めるのがキックベース。ノーバウンドでボールを捕られるか、塁を踏む前にボールを当てられたらアウト……そんなことはどうでもいい。

四人のうち二人が成人、一人は今月の誕生日を以《もっ》て成人。しかも、野球じゃなくキックベースというのがシュールさに拍車をかける。

「ココはかつて……オルレアンと呼ばれてイタ聖地ナノダ」

「昔から田舎の荒地だど。てか、お前を海外に連れて行ったことねぇべや？」

リーゼにはオルレアンに見えるらしい。海外に行ったこともないのに。

攻撃チームのキッカーは俺。相対する転がしマンは鞘音。男子対女子のチーム分けは、一見するとパワーがある男子有利に思えるのだが……。

「おい、修！　思いっきり蹴るんじゃねぇど！　上手《うま》い感じで頼む！」

「いや……かなり難しい注文なんだけど」

岩に立つトミさんから注文を受けるも、冷静に考えると難易度が高い。

外野に相当する場所には、他人の畑や民家がある。守備の穴を巧みに突くポテンヒットか、ゴロでの内野安打を狙うのがセオリーなのだ。

だから、男子のメリットは皆無に等しい。

「畑や民家にボールが入ったら、土下座で謝罪してくるのよ？」

鞘音が精神攻撃を仕掛けてきた。こいつ、負けず嫌いすぎだろ。

実際、民家にボールが入ったときは、家主に謝りながら回収させてもらったことを思い出す。内緒で畑に踏み入り、頑固な年寄りに雷を落とされたりもした。

子供だから大目に見てもらっていたけど、さすがに今はきついよな……。

暗殺者も真っ青な眼光の鞘音が、ボウリングの要領でボールを転がす。

「なにっ⁉」

岩石や雑草で歪《いびつ》な地面は、ボールに対して不規則な道筋を演出。俺が振り上げたキックはボールの芯を外し、鞘音の手元へ転々と力無く転がった。

難なくキャッチした鞘音は——一塁の岩石に走っていた俺の方向に大ジャンプ。

一瞬も躊躇《ちゆうちよ》することもなく、

「……消し飛んで」

「うあぁ……！　いたっ……！」

全力のジャンピングスローを、俺の背中にブチ込んできた‼

子供用の柔らかいボールだが、背中全体が痺《しび》れるくらいの絶妙な痛さが襲う。

「釣りで見せた勝ち誇った顔、忘れてないから」

鞘音は女王の如く俺を見下《みお》ろし、そう言い放つ。まさか、釣りでのドヤ顔が悔しくて復《ふく》讐《しゅう》してくるなんて……相変わらず執念深い女だ。

やり返してやりたいが、日頃の運動不足が祟《たた》り始めてきた。チャリ移動や釣りで蓄積された疲労が、下半身に重りとなって積み重なっていく。

「おいおい修！　ふざけてんじゃねぇど！」

ふざけてねぇよ……。真面目にやっても、この有様なんだ。

「リーゼ！　待て！　パパには優しくしてけろ！　あっ！」

「平民の貴様に選択肢はナイ。聖戦は間もなく終末を迎えるダロウ」

ボールを容赦なく顔面にぶつけられるトミさん。笑いたいのは山々なんだけど、キックベースの前半で既に疲労困憊《ひろうこんぱい》……格好悪すぎて泣けてくる。

試合は速いペースで進行。お日様も傾いてきたし、適当に終わらせて帰りたいのに。

キッカーの鞘音から「本気でやれよ」みたいな圧力を浴びる。こいつは遊びだと思っていない。俺を捻《ひね》り潰したい、絶対に負けたくないという強固な信念が、彼女を突き動かす。

「適当に終わらせたい、とか思っているんでしょ？」

図星を突かれ、無意識に息を呑《の》む。

「……そういうところが嫌いなのよ」

顔をしかめながら、苛立《いらだ》つ鞘音はそう吐き捨てた。

遥《はる》かなる頂への〝挑戦〟を受け入れた女。小さな〝挑戦〟から逃げ出した男。こんなお遊びですら、明確な差を意識させられてしまうなんて。

俺が力無く転がしたボールは——遥か彼方《かなた》へと消えていった。

鞘音の憤怒が凝縮された特大のホームランによって。

「うわ～、あの家は……ケルベロスがいたべなぁ」

不安そうに、眉を八の字にしながら呟《つぶや》くトミさん。

「……ボール、取ってくるわ」

鞘音は慄《おのの》いたような表情をすぐに隠し、ボールが消えた民家へと歩き出す。淡々とした態度を取り繕っていたが、瞳の奥に沈殿した濁りは誤魔化《ごまか》せない。

しかし、それを悟らせたくないから、鞘音は飾った冷静さを崩さないのだ。

次第にあいつの後ろ姿は遠くなり、民家へと消えていく。

心配する義理はないが、心が落ち着かない。あの民家には、あいつが苦手な——

「きゃああああああああああああああああああああ……‼」

猛犬の執拗《しつよう》な遠吠《とおぼ》えと、鞘音の悲鳴が響き渡った。

やっぱり……予想通りとはこのことか。あの家は老夫婦が住んでおり、活発な雑種犬（勝手にケルベロスと命名）が庭で飼われているのは近所で有名。幼少期の鞘音がお気に入りのスカートを噛《か》まれ、泣き喚《な》《わめ》いていたのは鮮明に覚えている。

「こういうときは誰が助けに行くんだっけなぁ～？　まぁ～た服を噛み千切られるど？」

あのアラサー男、ニヤニヤと口角を上げている。俺が何を考えているのか、すべてお見通しだと言わんばかりに。

足取りは地に縛られたように重い。俺もあいつも、境遇が変わってしまった。

でも……あいつは鞘音。俺の隣にいてくれた桐山鞘音なのだ。

負けず嫌いなところも、子供に興奮するところも、虫や猛犬を怖がるところも――俺の感情を複雑に掻《か》き乱《みだ》せるのは、今も昔も、あいつしかいない。

「いつまでも世話が焼けるな……」

渋々ながら『様子を見に行ってやる感』で取り繕い、鞘音がいる民家のほうへ駆け出す。

高齢の家主は耳が遠いから、手助けしてくれたりはしないのは分かっている。

「あらぁ～旅中のわらしこ？　さっきも中学生の女子《おなご》が来たっけなぁ～？」

俺もそいつも現役中学生ではない。いちいち訂正が面倒だから、苦笑いで誤魔化した。

身振り手振りで許可をとり、敷地に入らせてもらうと、

「うっ……うわぁ……」

鞘音は後ずさりしながらも、犬と駆け引きしていた。ビビり顔をもっと堪能していたいが、ボールを足元に確保した猛犬は威嚇をやめる気配がない。

「きゃっ……！」

吠《ほ》えられるたびに、肩を震わせている鞘音。

「俺がとってくるよ」

その横を通り過ぎた俺は、足元にじゃれついてくる猛犬を宥《なだ》めながら、ボールの所有権を奪い返した。この犬、だいぶ年老いていたけど、俺の匂いを覚えていてくれたのかな。

家主にボールを見せて会釈し、足早に敷地から立ち去る。異様に大人しくなった鞘音は口を噤《つぐ》んだまま、俺の背後にピタリとくっ付いてきたが、

「……面倒な構ってちゃん女でしょ」

絞り出した小声での自虐。

「……触れるエサを持参しなかったり、ケルベロスに一人で挑んで泣きべそかいたり……、、、性懲りもなく学校でギターを弾いたり……」

今更だろう。俺にとっては、幼馴染《おさななじみ》の鞘音そのものだ。

「……あなたは、そんなわたしの前に現れる。いつも、優しく手を差し伸べてくれる」

――背中に感じる僅かな感触。

たぶん、俺が着ていた旅中ジャージの裾を、ぎゅっと握っている。

「だからわたしは、今でもあなたを待ってしまう」

震える手で、懸命に。プライドを押し殺して、だ。

希薄な希望的観測。

噂《うわさ》を聞いた俺が現れるかもしれないから、学校で歌っていた……とでも言うつもりなのか。冗談だろ。やめてくれ。

紛らわしい曖昧な信頼と執着は――無能を惨めに勘違いさせてしまう。

「……ごめんね、助かった」

細《ささ》やかに、恥じらいを含み、鞘音が呟く。聞こえるか聞こえないかくらいの声量で。

「……気にするな。昔からそうだっただろ」

胸元が――高熱を帯びて躍動した気がした。反応に困ったから、無愛想で格好つけた台詞《せりふ》しか返せなかったけれど。

鉄の檻《おり》から脆弱《ぜいじゃく》さを溢《こぼ》してしまう少女に、俺はかつての気持ちを重ねてしまう。

「ジャージ……湿ってる。臭い」

「お前のせいだろ……」

ムードぶち壊し。一言余計なんだよ。

# 第二章 行けたら行く。それ、絶対に来ない奴の台詞じゃん

【今週末の旅名川《たびながわ》祭り、俺たちで参加するからな！】

月曜日の正午過ぎ、トークアプリにこんなメッセージが届いていた。送信主はもちろんトミさん。仕事の前にでも送ったのだろう。

久しぶりに屋外で運動したからか、昨日は夕飯も数倍美味《おい》しく感じられ、まさかの日付が変わる前に爆睡してしまった。

「また、あの人は強引に……」

俺は寝ぼけ眼《まなこ》で確認したのだが……正直、面倒なことを企《たくら》んでいそうな予感が凄《すご》い。

旅名川祭り……簡単に説明すると、町民が集う地元の小さな秋祭り。地元の工芸品を展示したり、公民館のステージにて様々な団体が演目を行う。

参加って……見物人としてだよな？　遊びに行くだけ……だよな？

メッセージは簡易な一言だけ。詳細はほとんど書かれていない。

体調は安定しているものの、昨日までの土日で体力と気力を大幅に消耗した。筋肉痛も半端じゃないし、怠《だる》い心境を解消するべく、平日は意地でも引きこもろう。

ソシャゲも飽きたから、今日はニューファミか74でもやるか……。

レトロゲームを探すため、散らかった押入れを漁《あさ》ってみる。漫画本やゲームを掻《か》き分《わ》けていくと——巨大な長方形の物体を発掘してしまった。

五年前に押入れへ放り込んだもの。

何度も捨てようと思ったが、捨てられなかった未練の鉄くず。

それは、埃《ほこり》まみれの小汚いキーボード。パソコンの文字入力機器ではなく、鍵盤がついている音楽用のシンセサイザーだ。

「今ごろ……何の用だよ」

掘り起こした張本人が、何を言っているのか。楽しく充実していた日々を思い出してしまうから、大量の漫画やゲームで埋め戻す。せっせと、埋め戻す。

一人で何してんだろ、俺……。

……………っ！

ガラクタを寄せ集めていると、一枚のCDが足元に落ちた。どうして、捨てられなかったんだよ、過去の俺は……。そのCDは表面のラベルが白い録音用。マーカーで「デモ」とだけ手書きされているが、明らかに俺の字だ。

CDを拾い上げ、ゴミ箱を目掛けて振りかぶるが、振りかぶるが、振りかぶるが……再び押入れに放り投げる。砂の城を作るように、負の遺産をガラクタで覆い固めていると、

「74あるじゃん……」

お目当てのゲーム機が見つかったものの、プレイする気は既に消え失《う》せていたので、気分転換に……ふて寝した。

その夜――やかましい連中が俺の家に押しかけてくる。

「うっすうっす。お晩《ばん》です～」

お晩です、は「こんばんは」の方言……とか、そんなことはどうでもいい。連絡もせずに、いきなり俺の家に押しかけてきたトミさんに困っているのだ。

母さんはまだ仕事から帰ってきていないので、俺しかいないんだけども……。

車で待たれてもヒップホップが煩《うるさ》いから、とりあえず玄関まで通したのだが、

「仕事終わったから、お茶っ子飲みすっぺ！」

「いやいや、手に持ってるのどう見ても酒でしょ……」

トミさんが持つビニール袋には、大量の酒とツマミが入っていた。

「あー、俺が車で来たから心配してんのか？　そのために今日はな――」

トミさんが目配せすると、玄関に二人の女性が入ってきた。

「聖戦の友ヨ。こうして再会するノハ、六百年前の革命のトキ以来だろうカ」

「昨日遊んだよね」

ちんまりとした子供は娘のリーゼだが、もう一人は明らかに大人。

日本人とは大幅に異なる顔立ちに、すらっとした高長身。美しいプラチナブロンドの髪や蒼《あお》い瞳は、天然の煌《きら》めきを纏《まと》う。お隣のイギリス人お姉さん……そんなイメージだ。

この人の親が音楽教室を開いていて、小学生だった俺と鞘音《さやね》はレッスンに通っていたこともあった。

記憶に残る優美な雰囲気と、ほとんど変わっていないこの女性は――

「やーん！　久しぶりぃ修《しゅう》くん♪　しばらく見ないうちに身長伸びたよねぇ」

「エミ姉!?」

エミリィ・スターリング。かつてこの家の隣に住んでいた人だが、現在はトミさんが購入した一軒家に住んでいる。早い話、トミさんの妻だ。

色気を振《ふ》り撒《ま》くお姉さんぶりは健在で、お隣に住んでいた俺はヤキモキした少年時代を過ごしたものだ。自分の姉ではないのに、馴《な》れ馴《な》れしく「エミ姉《ねえ》」とか呼んでるし。

「エミリィは酒飲めねぇがら、帰りは運転してくれるべさ」

「なんでトミさんみたいな馬鹿に、俺のエミ姉が……」

「おいこら、聞こえてるど。いちおう人生の大先輩だど」

魂のぼやきが聞こえていたらしい。

「ごめんねぇ、正清《まさきよ》さんが突然押しかけて。明日も仕事だし、遅くならないように帰らせるからさ」

両手を合わせながら謝罪するエミ姉も可愛《かわい》い。

「いいえ、大丈夫ですよ。ここは寒いんで、茶の間にあがってください」

「それじゃあ、お言葉に甘えてお邪魔します♪」

「おい修、俺のときと温度差ありすぎんべ」

当たり前だ。厄介事しか持ち込まない馬鹿男と、美人お姉さんを一緒にするな。

「それとな、あいつも拉致ってきたぜ！　こっちさ来ーい！」

あいつとは……雰囲気的にあいつしかいないじゃん。

日が落ちたばかりの暗い庭を見てみると、鞘音も寒そうに待機していた。いかにも不本意ながら、みたいな不機嫌さを醸し出して。

「……お邪魔するわ」

「こいつ、いきなり俺が来たから怒ってやんの。お前ら似てるなぁ、あいた⁉」

ご機嫌斜めな鞘音に、軽く背中を小突かれたトミさん。

私服に着替える時間も与えられなかったのか、普通に旅中《たびちゅう》ジャージだった。昨日汚した一着目ではなく、洗濯したとき用の二着目だろう。ちなみに俺も二着持っている。

「……鞘音は未成年だから酒飲んじゃダメだぞ」

「……あなたに言われなくても分かってる。まだ……誕生日が来てないから」

忠告した俺から視線を逸《そ》らし、謙虚に家へと上がる鞘音。

誕生日、という単語が出た瞬間——二人の間に重苦しい空気が流れた。腫物に触るというか……お互いにその話題は自重するべきだ。これ以上、拗《こじ》れたくないのなら。

茶の間で炬燵《こたつ》を囲み、五人で乾杯。

こうして、トミさんやエミ姉と飲むのは初めてではない。向こうが成人を迎えてからは、何度か飲みに来ることはあった。まあ、当時の俺と鞘音はジュースだったけれども。

今日のエミ姉と鞘音は、ノンアルコールカクテルを片手に談笑。

鞘音の膝上に乗せられたリーゼは、

「もぐもぐ」

チーズかまぼこを一心不乱に頬張《ほおば》っている。見ていて飽きない子だなぁ。

「もっと食べる？　リーゼちゃん、もっと食べる？」

「苦しゅうナイ。ズンダも食ベル」

「ずんだ団子も食べたいの？　はい、あ〜ん」

リーゼの母ちゃんかよ、お前は。人様の子にあまり餌付けするな。

鞘音……いや、ロリ山さんは恍惚《こうこつ》の顔を隠さず、リーゼに食べ物を与えている。母性なのか、ロリコンなのか、俺は第三者視点で瀬戸際を見極めなきゃいけない……のか？

「あーん、鞘音ちゃんも久しぶりぃ♪　テレビでも観《み》てたけど、美人さんになってぇ♪」

「え、ええ、どうも。ご無沙汰しています、エミリィさん」

「それ旅中ジャージよねぇ!?　ワタシも卒業生だから懐かしい〜♪」

「これしか手ごろな部屋着がなくて……ほ、本当はもっとお洒落《しゃれ》なパジャマなんですよ」

嘘《うそ》つけ。昔から衣服は拘《こだわ》りがなくて田舎臭かっただろ。

東京に住んでから多少マシになったようだが、地元に戻ると旅中ジャージ女だ。

「ほらぁ！　最新のアルバムも買っちゃった！　二曲目の〝ユキアイ〟とかシングル曲の〝miss〟も良かったよぉ〜♪　でもでもぉ、ハードなロックチューンが増えてくれると、お姉さん的には嬉《うれ》しいなぁ♪」

「ありがとうございます。曲調については、現場に復帰したらプロデューサーに相談してみますね」

音楽の話題になると高揚するエミ姉。ダウンロード購入した楽曲や、SAYANEのSNSにアップされたPVをスマホで再生している。俺なんかは絶対に触れられない話題だが、鞘音は固かった表情をやや柔軟に解《ほど》いた。

俺は反比例。澱《よど》んだ靄《もや》が表情に浮き出るのを我慢している。

「それでだ！　今朝のメッセージは見たべ？」

オープニングトークもそこそこに、缶ビールを飲み干したトミさんが話を切り出す。

医者に「あまり好ましくはない」と忠告された飲酒。長く生きるつもりもないから、俺は女子が好むような度数低めの缶チューハイをちびちびと嗜《たしな》む。

一週間以上前に頭痛と吐き気に襲われた以外は、大きな自覚症状はない。たまに病気の存在を忘れそうになるくらいだ。

「……何も届いてなかったけど？」

「既読ついてたど」

メッセージを迂闊《うかつ》に開かなければ良かった……。

「まあ、遊びに行くだけなら別にいいよ」

「はっはっは！」

なぜか、トミさんは豪快に笑い始める。

「お前らがステージで何かをやるんだよ。今日はそのための打ち合わせだぜ」

まてまて。

「もうエントリー済ましてっから。俺は町内会に所属してっし、旅名川祭り実行委員だから華麗に捻《ね》じ込《こ》んでやったど！」

「勝手に進めるな！」

うわぁ、やりやがった。馬鹿が、いい加減にしてくれ。

そういえば『I・LOVE・地元』気質《かたぎ》の人だった。いかにも地元の青年隊みたいな風貌はしているが、予想を裏切らないとは。

「もち、鞘音もな！　エミリィとかリーゼも協力すっから！」

「チッ……このバカ清、そろそろ殴ってもいいわよね？」

舌打ちした鞘音の心情に同調しまくる。俺たちにとって、思い入れの深い場所に再び戻ることになるんだ。正直、複雑な想《おも》いが渦巻くのは避けられない。

それを知ってか知らずか、トミさんは参加を推し進めて……俺たちを巻き込む。

打ち合わせという飲み会が始まってから、一切の直接会話をしてない二人を。

「エミ姉！　トミさんを説得してください！」

「えっ？　ワタシも結構ノリノリなんだけどぉ。フェスティバルは大好きなんだよねぇ」

「いや、俺も絶対に嫌だってわけじゃないですよ？」

「おいこら、エミリィにだけ甘すぎんど」

「正清さんは言い出したら聞かないのを知ってるからねぇ♪」

ま、マジか……微笑《ほほえ》みが眩《まぶ》しいエミ姉には強く言《い》い辛《づら》いんだよな。隣人だった関係上、下手したらトミさんより付き合いは長いわけだし。

気は進まないが、援軍になりそうな鞘音のほうをチラリと流し見てみると、

「はい、お口拭き拭きしましょうねぇ〜。ジュースは？　飲むの？　オレンジ？」

何してんだよ、こいつ！　リーゼの口を拭き拭きしてんじゃねぇ！

あぁ……鞘音はしっかり者に見えて、意外とポンコツなのを忘れていた……。

「おいおい、なんかえらく賑《にぎ》やかじゃねーか」

仕事を終えた母さんが帰宅し、目を丸くしていた。いつもなら電気も消えて誰も待っていない茶の間の人口密度に驚いているらしい。

「あーっ！　依夜莉《いより》姉さぁーん！　お帰りなさいっす！」

「熱苦しいから失《う》せろ」

「そ、そんなぁ……！　でも、厳しい依夜莉姉さんも大好きっす！」

舎弟感が凄《すご》いトミさんを塩対応でイジる母さん。

「あとは桐山《きりやま》んちの鞘音ちゃんと……お隣だったエミリィ！　ひたすらチーかま食ってるのは……正清とエミリィのガキか！　でか！　めちゃくちゃ成長してらぁ！」

「リーゼはママの操り人形《マリオネット》に過ぎナイ。人生とは狂乱の踊りなノダ」

「あっ、エミリィのガキっぽいわー」

やっぱり母さんもそう思うよね。

「リーゼぇ、俺もお前のパパなんだど～？」

「お前ハ多重人格者」

「せめて平民にしてけろ……」

トミさん、がんばれ。強く生きろ。

「やーん、依夜莉さーん♪　ご無沙汰してます～♪」

「……お邪魔してます」

両手をぶんぶんと振りながら抱き着くエミ姉と、静かに会釈した鞘音。小さい地域だからだいたいは顔見知りだし、エミ姉は隣人だったから母さんとも仲が良い。

「お前ら、月曜から飲み会してんのか？　まだまだ若けぇなぁ、おい」

「旅名川祭りの打ち合わせっす！　出し物を何するか考えていたところっすね」

「へぇ、もうそんな時期なんか。最近はほとんど行ってねーから忘れてたわ」

母さんみたいな住民も多いと思う。演目も展示物もシニア向けというか、地味だから。

「正直、中年や年寄りしか来ないイメージあるっすけど、今年は若者を呼び込むっす！　そのために俺らがひと肌脱ごうかなーと！」

「まあ、その考えは嫌いじゃねぇ。頑張ってみろや」

トミさんは「ういっす！」と、やる気に満ち溢《あふ》れた返事をした。この地域の基準だと、母さんみたいなアラフォーでも若い部類に入るし、例年の地味な祭りには興味がない親世代も結構いるはず。トミさんは、母さん世代も含めて祭りに参加してほしいのだろう。

夕飯がまだだった母さんも炬燵に身を投じ、大量のツマミを口へと運ぶ。

「あれ？　依夜莉姉さんって酒飲むんすか？　あんま飲まないイメージあるっすけど」

「いや……まあ、酔いたいときもあんだよ」

お茶を濁しながら、母さんは缶ビールのプルタブを開けたのだが、

「まっず……」

一口啜《すす》った瞬間にぺろりと舌を出し、厳《いか》つい顔をしかめた。

まずいなら、飲まなければいいのに。

「演目に関しては和太鼓、ダンス、三味線、アカペラ、合唱……例年はこういうのが多いべな。祭りは来週の日曜だから、練習するとしたらここら辺が現実的だっちゃ？」

今度は日本酒を飲み始めたトミさんが、ほろ酔い気味に案を出す。エミ姉にお猪口《ちょこ》へ注《つ》いでもらっているのを羨ましいと思いつつ、二本目の缶チューハイを喉に流し込む。

「現実的じゃないでしょ。ど素人がたったの一週間で……しかも、各自が集まって練習できる時間も限られると思う」

我ながら正論を言った。

「そうしたら、鞘音のソロライブにするか？」

「ごめんなさい。無許可でSAYANE名義の曲を歌うのは禁止されているの」

「そりゃあそうだよなぁ。もうプロだもん、色々と面倒くせぇ契約とかあるべな」

活動休止中にライブなんて決行したら、偉い人に怒られるどころじゃ済まないだろう。

「そうしたら、バンドでもやっか？」

……そう来るか。

「バンド……か」

できてしまう。その案は成功する未来が容易に浮かんできてしまう。

俺自身――言葉とは裏腹に、魂の奥底が激しく求めてしまっている。鞘音から離れていたのに、テレビやネット媒体からも遮断していたのに、今はもう一度、体感したい。

あいつの近くで、あいつの歌を。

どうせ死ぬ運命なら、最後に聴いたっていいじゃないか。

「コピー曲で構わねぇ。鞘音にはうまいこと変装してもらって、地元に住む若者の音楽で旅名川祭りを盛り上げようぜ！」

鞘音は思い悩む。即答で断ると思っていたが……彼女の胸にはどんな感情が錯綜《さくそう》しているのか、俺なんかには知る由もない。知る権利も、絶対にない。

「俺はさ、生まれ育った旅名川をもっともっと賑やかにしてぇなって思ってる。若い奴《やつ》らが都会にどんどん出て行ってよ、爺婆《じじばば》も高齢化したり亡くなったり……この祭りも参加者が年々減ってきて、いつまで存続できるか分がんねぇ」

トミさんにしては珍しい神妙な面持ちが、切実さを訴えかけてくる。

「俺たちが楽しいことをやれば、他の若けぇ奴らも真似《まね》したり興味を持ってくれると思うんだ。それがずっと続いていけば……俺にできることって、そんくらいしかねぇがらさ」

この人は自らの利益を考えない。余所《よそ》のために率先して行動を起こし、多少強引にでも先導していく。今ごろ、俺と鞘音を引き合わせたのもそうだ。

「俺は祭りの運営と進行を頑張っから、一回だけ力を貸してけれ。頼む」

故郷のために頭を下げた男を——俺は世界一格好《かっこ》いいと思っている。

「……でも、一週間でライブできるレベルに持っていけるの？　わたしはお遊びの音楽で歌うつもりなんてない。自信がないなら、最初からやらないほうがいいわよ」

強張《こわば》った顔を和らげ、一息吐《つ》いた鞘音が冷静に指摘。その通りだ。小さな祭りのイベントだとしても、鞘音には積み重ねたプライドがある。

若者や地元民を盛り上げるためにも、生半可なパフォーマンスをするわけにはいかない。

「うふふっ」

突然、エミ姉が浮かべた意味深な微笑。

あっ、やばい。スイッチが——

「鞘音ちゃんに歌やギターを教えたのは、誰だったかなぁ？」

変に刺激してしまった……とでも言いたげな、渋い反応を隠せない鞘音。

「鞘音ちゃん、ちょっとウチにいらっしゃい！　スターリング母娘《おやこ》の真骨頂を——久しぶりに教えてあげる」

「……よく知っていますから」

「いいえ、舐《な》めているから再教育してあげる！　救世主《メシア》　ネーム　イズ　エミリィ」

興奮したエミ姉が立ち上がり、鞘音を外へ連れ出す。女子二人の後を追うようにリーゼもトコトコと追跡し、母さんと男二人が取り残された。

「……アタシは風呂でも入るかなーっと」

そそくさと退散しようとした母さんだったが、

「何してるんですかぁ！　依夜莉さんと修くんも来るんですよぉ！　ゴーゴーっ！」

「うわぁ……最悪だっつーの」

エミ姉、迅速なカムバック。そのまま、なぜか母さんも連れて行かれる。

「お〜、スイッチが入ったエミリィを久々に見たなぁ。高校生以来だべか」

「俺と鞘音が音楽教室に通っていたときは、毎回あんな感じになってたよ」

「それだけ嬉しいのさ、あいつは。教え子のお前らと久しぶりに会えたのがな」

心なしか、トミさんも嬉《うれ》しそうに頰《ほお》を釣り上げた。

「リーゼがあんな風に育つわけも頷けっぺ……？」

「ある意味、エミ姉の化身みたいになってるよね。トミさんのＤＮＡは欠片《かけら》もないよ」

「それ地味に気にしてんだからやめてけれ！」

思い出話をする酔っ払い二人も重い腰を上げ、お隣さんへとゆっくり歩き出した。

＊＊＊＊＊

久しぶりだな、スターリング音楽教室に足を運んだのは。

音楽教室とはいっても、普通の民家に看板を付けただけの簡易な外観だが、俺や鞘音が通っていた小学生時代の六年間は、生徒が二十人以上はいた気がする。

レッスンはピアノが中心だったが、希望者には弦楽器や打楽器のコースもあった。

家の中にお邪魔させてもらうと、懐古感が漂う香り。他人の家ならではの独特な匂いは、思い出をどんどん掘り起こした。茶の間でくつろいでいたエミ姉の両親に挨拶し、主に楽器を演奏する用途で使用していた防音のレッスン室へ。

「修くんも鞘音ちゃんも懐かしいでしょう？　二人はずっと一緒に通っていたもんねぇ」

先に部屋で準備していたエミ姉が、過去を思い返すように見渡した。重厚なピアノやギターなどの弦楽器、本格的なドラムセットまで置かれている。

その他にもクラシック音楽の楽器まで一通り揃《そろ》っているし、まさに音楽学校みたいな充実のラインナップ。元々、音楽家の家系だったエミ姉の両親が集めた私物らしい。

「なんじゃ、この部屋は……？　音楽のジャンルが喧嘩《けんか》してねぇが……？」

嫁の実家とはいえ、初めて足を踏み入れた領域らしいトミさんが絶句していた。

「相変わらず、エミ姉の趣味も混ざってますよね……」

「えっ⁉　みんな大好きだよねぇこういうのぉ！　ワタシの女友達は好きな子が多かったよぉ！」

壁や天井には楽器を持ったホスト……いや、ヴィジュアル系バンドのポスターが飾られ、棚にはＣＤやＤＶＤもぎっしり詰まっている。エミ姉の両親が収集したクラシック等の西洋な雰囲気を、エミ姉の趣味が半分くらい侵食していた。

トミさんと同級生のエミ姉が、中高生時代に全盛期だったバンドが多い。

「いやぁーっ！　エミリィよ！　最高にイカした部屋じゃねーか！」

大抵が微妙なリアクションをする中、母さんだけが瞳を輝かしていた。

「依夜莉さんなら食いついてくれると思ってましたぁ♪」

意気投合した二人がヴィジュアル系トークを繰り広げる。息子だけど知らなかった……母さんってこういう音楽が好きだったんだ。

世代の違いがあるため、お互いの推しバンドは異なるみたいだけど。

「ということで、依夜莉さんも一緒に演奏してください♪　中学生の頃にやってたんですよねぇ、エレキベース？」

突如、エミ姉がベースを掲げる。頰を引きつらせた母さんに向けて、だ。

「エミリィ……お前、どこで情報を仕入れた？」

「狭い田舎なので、依夜莉さんの同級生と雑談すればすぐに分かりますよぉ♪　鞘音ちゃんちのママとかぁ？」

「あのくそアマぁ……！　ペラペラと個人情報をばら撒きやがってぇー！」

そういえば、鞘音の黒歴史をトミさんに流出させたのも鞘音の母さんだったな。

「旅中の生徒が伝統的にバンドや音楽をやるのも、依夜莉さんたちが発端だったとかぁ？」

「その話はやめような。若気の至りだ」

「卒アルも見せてもらっちゃいましたぁ♪　依夜莉さんが文化祭でド派手なメイクを――」

「おし！　やろう！　アタシがひと肌脱いでやろーじゃね――かぁ!!」

半ばヤケクソな母さんが、エミ姉からベースを受け取る。見たい！　母さんの黒歴史を！　母さんの卒アルなんて絶対に見せてもらえないだろうからなぁ……。

強い。鞘音のお母さん、お淑《しと》やかそうだけど強いぞ。旅名川のデータベースは、セキュリティが緩いからタチが悪い。

「修くんと鞘音ちゃんは、よく知ってるジャンルでしょ？　幼い頃から教育したもんねぇ」

「強制的に聴かされたり、エミ姉が好きな曲を練習させられた記憶があります。まあ、今もたまに聴いている好きなバンドもありますけど」

てへへ♪　と舌を出すエミ姉が可愛《かわい》いから許す。

「レッスンの先生はエミ姉の母さんだったけど、エミ姉も俺のピアノを聴いてくれたよね」

「弟みたいな修くんに頼られるのが嬉しくてさぁ。ひょっとして迷惑だったかなぁ？」

「いや、励ましや労《ねぎら》いの言葉をもらったりして嬉しかったです。それに……」

「うんうん、それに？」

興味津々なエミ姉が、悪戯《いたずら》に美顔を近づけてきた。

「中学生だったエミ姉は、俺にとって大人のお姉さんみたいな憧れがあったから」

「やーん、うれしいのう♪」

ふいに頭を撫《な》でられ、気分が大変高揚してしまいました。もう二十歳なのに、エミ姉の中ではいつまでも弟みたいな存在なんだ、きっと。

「エミ姉にとっては、たくさんいた生徒の一人みたいな感じだと思うけど」

俺が苦笑いすると、

「ワタシが個人的にピアノを教えていたのは、修くんだけだぞ？」

「……マジっすか！」

これが、お隣のお姉さん。全俺が――即座に惚《ほ》れそうなほどの魅力を持つ者。


シャ――――――――ン!!

耳を劈《つんざ》く金属質の打撃音が炸裂《さくれつ》した。

「休み時間はとっくに終わったけど？」

露骨な作り笑顔が眩《まぶ》しい鞘音。スティックを振り、ドラムのシンバルを叩《たた》いたと思われる。まだ微《かす》かに余韻が残るシンバルの振動を指で止め、ジトーッと睨《にら》み付《つ》けてきた。

あいつは言及を避けるが、漂う憤怒。静かにお怒りだぞ、これは。俺には分かる。

「バカ清、あのヒキニートクズに嫁が口説かれていたみたいよ？」

「あーいけねぇな。これはいけねぇべ。エミリィはダメンズに誑《たぶら》かされやすいんだど」

どうして俺が怒られなきゃいけないのか……。というか、エミ姉を誑かした元ヤンのダメンズがどの口を叩いている。

「思い出したぁ！　レッスン初日にも、鞘音ちゃんは今みたいに怒ってたよねぇ」

「………!?」

焦ったように瞳を見開いた鞘音は、

「ワタシが修くんのレッスンを面倒見ていたら、鞘音ちゃんが『わたしも修と一緒にピアノやる〜っ！』って泣いて――」

「あ――――っ！　あ――――――――っ！　勘弁してください……」

両手をあたふたとバタつかせながら、エミ姉の思い出話を懸命に掻《か》き消《け》す。

そういえば、そんなこともあったような……小学校低学年だから、もう断片的だけど。

まともに会話すらしない現状だし、そんなことで怒らないだろう、今の鞘音は。

「準備は終わッタ。いつでもいけるノダ」

エフェクターやアンプの準備を終えたリーゼ。堂々と構えるのは――深い青の色彩を放つエレキギター。母さんも同様に準備を進め、チューニングを施したベースを構える。

二人とも、絵になる構図だ。自信に満《み》ち溢《あふ》れており、堂々とした立ち姿は圧巻。

「こっちも完了よ」

一方の鞘音は発声練習を終え、スタンドマイクの前に立つ。

「ありゃ？　鞘音はギターじゃねぇの？　いつもはアコギ弾きながら歌ってるべ？」

「ギターはリーゼがいるから、今日はボーカルに集中してもらおうと思ってぇ。ツインギターの曲をやるときは、協力してもらうケドねぇ」

「この部屋にあるCDの曲なら、ある程度は歌えると思います。わたしもエミリィさんにみっちりと教育されたので」

「や〜ん、ワタシの熱心な教育が実っていて嬉しいなぁ」

ヴィジュアル系の教育は半強制的だったけど。

「──だとしたら、修くんも弾けるよねぇ？　鍵盤♪」

にこやかながら、瞳の奥は真剣さを秘めたエミ姉。俺の目の前には、スタンドに乗せられた二枚組のキーボードがセッティングされている。

弾けない……ことはない。エミ姉に渡されたスコアは、何度も練習させられたバンドの曲だし、脳内での弾き方はだいたい覚えている。

「お、俺は……」

だが、五年間も鍵盤から遠ざかってきた。記憶から捨て去っていたんだ。

「大丈夫。修くんが今、どれくらい音楽への興味があるのかを知りたいだけ。上手《うま》い下手じゃなく、真剣に向き合う気があるのか……音を聴かせてほしいなぁ」

「分かりました……」

空気に流されるまま、俺は五年ぶりに鍵盤と相対。エミ姉が懐かしのスパルタ講師お姉さんになってきた。こうなると妥協を許さない。

モノクロの鍵盤に指を添えた感覚が、甘い記憶と苦い記憶を攪拌《かくはん》させる。

「鞘音ちゃん、さっきこう言ってくれちゃったよねぇ？　一週間でライブできるレベルに持っていけるのかって」

エミ姉はドラムセットに歩み寄り、静かにスローンへと腰掛けた。

「さてさて、リーゼ、披露してあげましょう。救世主《メシア》の奇跡を、音楽という名の剣戟《けんげき》を」

「救世主《メシア》　ネーム　イズ　リーゼロッテ。ここに降臨セリ」

この母にして、この子あり。

穏やかの象徴だったエミ姉の瞳が、艶のある魅惑の眼力に変貌した。

――中央に君臨していたのは、幼馴染《おさななじ》みの桐山鞘音。彼女もまた、プロのシンガーソングライターとしての真摯な眼差《まなざ》しと立ち振る舞いを研ぎ澄ます。

「依夜莉さんはブランクもあると思いますけど……問題ないですよねぇ？」

「当たり前だろーが。誰にナマ言ってんだ」

黒歴史時代の血が騒ぐのか、ニヤリと口角を上げた母さん。ガス屋の作業着姿が、これほど映えるなんて。

観客と化したトミさんと、興味本位で覗《のぞ》きに来たエミ姉の両親が見守る静寂の中――エミ姉がスティックでハイハットを叩き、４カウントを刻む。

キーボードの導入とベースが重低音の前奏を演出し、高音のギターが自然に介入。始動を促すドラムが空気を壮絶に揺らす。

最初から最高潮。

ドラムの鼓動が魂を打ち鳴らし、骨太な低音をピッキングで刻むベースと共にリズムを拡散。抜群の存在感を主張するリーゼのギター。振り落とされまいと鍵盤を叩く俺の指が、鈍いステップを踏む。ついていけない。躍っていた指が一瞬で手枷《てかせ》と化す。

エミ姉のドラムが走る。走りまくる。最高のテンションに身を預け、ミスを臆さない。まだ、まだまだ、引っ張る。

暴れ回りたい弦楽器隊の手綱を握り、多い手数が音の道筋を示していた。

エミ姉のフィルを皮切りに、鞘音の叫ぶような歌声が空間を揺らす。

観客の前で綺麗《きれい》に歌うSAYANEではなく、一人の桐山鞘音として、感情が叫ぶまま歌詞を吐き出している。ギターの歪《ゆが》んだ白玉をも凌駕《りょうが》する音波で。

憤怒、もどかしさ、脆弱《ぜいじゃく》さ。それを叩きつけられているのは、俺のような気がして。

前後に激しく上半身を揺らすエミ姉とリーゼ、そして母さん。俺は棒立ちのまま、自分のパートをなぞるだけで限界なのに、空っぽな音を捻《ひね》り出すので必死なのに。

音色《おんしょく》の切り替えが遅い。お飾りの左手がホイールに触れるも、理想的な効果が生じない。頭で考えていたら手遅れ。しかし、即応できる圧倒的な練習量が無く、空回ったストリングスの音色が異物として滞留した。

鍵盤から雪崩《なだ》れ落ちた音は、身体《からだ》に潜む病巣のよう。内側から浸潤し、蝕《むしば》み、壊してしまう。まだか。まだ、曲は終わらないのか。

俺はもう、自分が弾いているのかすら分からない。無音の世界で、ひたすら鍵盤を叩く。

凡才はついていけない。

天才の凄《すさ》まじい速度に。隣を同じ速度で歩けはしない。

むしろ、足を引っ張ってしまう。だから俺は、自分から突き放したんだ。捨てられるのが、本当に怖かったから。

俺だけがついていけない。周囲の速さに、俺だけが取り残される。

四分程度の曲が、劣等感の拷問——逃げ続けていた底辺の現在地なのだと知った。


気が付いたときには、トミさんやエミ姉の両親からの拍手をもらっていた。

しかし、俺はほとんど何もできていない。この拍手も俺以外の四人が得た報酬。精鋭たちの音楽会に触れる権利すら与えてもらえなかったのだ。

「……駄目ね。修の音だけが——耳障りで邪魔」

首を左右に振りながら、鞘音は冷酷にそう言い放つ。

「エミリィさんの言う通り、技術なんて関係ないわ。音楽から、そしてわたしから、情けなく逃げているのが……腑《ふ》抜《ぬ》けた音から伝わってくるの」

「俺がいなければ……歌うのか？」

「……むしろ、わたしは修がいれば歌う。でも、今のあなたは大嫌い……だから」

足早に立ち去っていく彼女の言葉は矛盾していた。含みを持たせたのは、まだ俺に何かを期待しているから……なのか。分からない。見放してくれたほうが楽なのに、辛辣に突き放してくれたほうが言い訳もできるのに。

今からでも間に合うのかな。ヒキニート男が足掻《あが》いても無様かもしれないけど、たった一度だけ、一つのことに本気で熱中して、トミさんや地元の微力になれるなら。

クソみたいな人生にも、意味はあったと思えるのだろうか。

「エミ姉……一週間だけ、また生徒に戻ってもいいかな？」

時間稼ぎの末に失った青春なら、終了直前の悪あがきは少し長くたっていいだろ。

＊＊＊＊＊

「くあっ……！」

凝り固まった指が攣《つ》る。

たった数分、鍵盤を弾いただけで、俺の指先は激しい悲鳴をあげていた。

一週間とはいうものの、日付が明けて火曜日。祭りは日曜だから、当日を含めて六日間の猶予しか残されていない。

昨夜はあのままエミ姉に指導を受け、俺は四時間ほど寝るために自分の家へ帰宅。そして、火曜日の早朝から練習を再開させた。

「すみません。昨日からずっと練習に付き合ってもらって」

「気にしなさんなぁ。元はと言えば、ウチの旦那が言い出したことだからぁ」

エミ姉はにこやかに付き合ってくれる。演奏中は厳しい指導も躊躇《ためら》わないけど、的確に分かりやすいアドバイスをくれた。

「おっ、今の感じは良かったよぉ！」

教わったことを実践できたときには、笑顔で頭を撫でてくれる。俺は単純な男だからモチベーションにも繋《つな》がるし、照れ臭いけど心地良かった。

「一つの団体が使える持ち時間は、八分程度らしいけど……本当に二曲も練習するの？コピー曲とはいえ、六日間で弾けるようになるのは大変だと思うよぉ」

「……いえ、アンコールを想定して三曲やります。まず、鞘音を説得するだけの結果が欲しいので」

エミ姉の趣味を反映した高難易度な選曲と、アンコールに選んだ〝特別〟な楽曲。

底辺は人並みに頑張っても意味がない。到底無理だと誰もが思うようなことを、必死に覆すくらいじゃないと説得力がないんだ。

「巻き起こしてみせる。大学中退のニートが紡いだ音で——満場一致のアンコールを」

俺は今、数秒で眠れる。ニート生活の代償である猛烈な睡魔や慣れない疲労で、すぐにでも逃げ出したい。今日だって布団から出るか十分以上迷った。

でも、たったの六日も頑張れないクズの見本で終えたくないんだよ。

「それに、エミ姉の期待も裏切りたくない。こうやって俺を待っていてくれるんだから」

「よしっ！　その意気だぞぉ！」

意気揚々と俺を鼓舞してくれたエミ姉。

これから本格的な扱《しご》きが始まるかと思ったのに、

「おはようさーん……ふあぁあああ……」

寝ぼけ眼《まなこ》のトミさんが、大あくびをしながら部屋の入口に突っ立っていた。

「正清さん？　今日って早番の出勤日だっけぇ？」

「いいや、今日は遅番の出勤……。ちょっと用事があってな、人手が欲しいなーって」

「えぇ……俺、練習中なんだけど」

最初は乗り気じゃなかったが「三十分で帰すから頼む」と言い包《くる》められ、停車していたトミさんの車に収容された。トミさんも仕事と祭りの準備で忙しいだろうし、俺にできることなら協力したいというのが本音。

同様の想《おも》いなのか、エミ姉も一緒に来てくれることになった。

「小学校へ送っていく前に、リーゼも連れてきたんだけども」

リーゼも後部座席に座っていたが、

「グウ……」

だらーんと脱力し、幼稚な寝息をたてている。

「複雑な用事じゃねぇど。旅中とか周辺の地区に祭りのチラシを貼《は》りに行くだけだ」

「チラシを貼る人手が欲しかったの？」

「んだ。お前たちを演目に捻《ね》じ込《こ》んだから、一からチラシを作り直した」

トミさんがダッシュボードからファイルを取り出し、俺とエミ姉にチラシを渡す。

文字列も揃《そろ》っていないし、写真の解像度も低く、子供が好きそうなイラストも皆無。お世辞にもクオリティが高いとは言えない。

あと、リーゼの写真でかっ！　ギターを構えたリーゼの画像がチラシの二割を占めていて、親の〝えこひいき〟とはこういうものかーと学ぶ。

「俺たちの演目……ということは、あの後すぐに作ったの⁉」

「おう。せっかくのメインイベントを宣伝しなくてどうするよ。パソコンなんてあまり触らねぇから、出来栄えはお察しだけども……お前らの力にはなりてぇからさ」

自虐的に笑うトミさん。昨日は夜まで打ち合わせしていたのに、今日の早朝に仕上げてきたということは……徹夜に決まっている。やたら眠そうなのも無理はない。

毎日が夏休みの俺と違って、フルタイムで仕事をしているにも拘《かか》わらず、だ。

「まーた一人で頑張ってさぁ。ワタシも家族なんだから、言ってくれればチラシのデザインくらい協力したのにぃ」

「すまんすまん。俺には楽器の演奏なんて無理だから、これぐらいは協力させてけれ」

唇を尖《とが》らせたエミ姉を宥《なだ》めるトミさん。お似合いすぎる夫婦だと、素直に思った。

車を走らせること数分……旅中に到着した俺たちは、職員室に立ち寄る。

「よぉ、杉浦！　おはよーさん！」

「うっ……び、びっくりしたー」

　大声を張り上げたトミさんにビビる教頭。早朝だからか、生徒はおろか他の教員もまだ出勤していないようだ。指先が震えるほど肌寒いため、職員室のダルマストーブを囲むように四人が集合。無意識に翳《かざ》した手が、じんわりと火照《ほて》っていく。

「やーん、杉浦先生だぁーっ！　教え子のエミリィですーっ♪」

「明るい性格は変わらないねーキミも。僕の記憶が正しければ、キミは男子からの人気が断トツの一位だっただろうにー」

　そう言いながら、トミさんをチラ見する教頭。

「はっ？　杉浦、なんか文句あんのか？　その『こんなクソ不良に誑《たぶら》かされてー』みてぇな視線はなんだべな？　ああん？」

「うわー、山奥に住む野蛮人に殺されるー」

「上等だ。服脱いでグラウンド出ろや、相撲で決着つけんぞ！」

「いつまでも子供じゃないんだから、いい加減にしなさいよぉ」

　呆《あき》れ顔《がお》のエミ姉に仲裁される男二人。朝っぱらから元ヤンキーと元担任が喧嘩《けんか》すな。

「よっしゃ！　勝ったどーっ！」

　いい大人同士が上半身裸になって腕相撲すな。

「はぁ……男っていつまでもバカだよねぇ。正清さんを筆頭に、男子連中は中学の頃からこんなノリだったし」

エミ姉が苦笑いで傍観しているが、俺は同類に入れないでほしい。

「そういえば、正清たちは何しに来たんだー？　まさか腕相撲が目的じゃないだろー？」

「大した用事じゃねぇ。校内に貼ってある祭りのチラシ、新しいのに張り替えていいべ？」

「ああ、そういう用事ねー。別に構わないけどー、そのチラシを見せてくれないかー？」

教頭はいつも通りの低いテンションで対応する。この人と話していると、こっちまで眠くなってきそうだ。

チラシを受け取った教頭は、老眼鏡を装着。瞳を凝らしながら内容を確認する。

「……こんな稚拙なチラシで宣伝になるわけないねー」

「しゃーねーだろ！　それでも無料の編集ソフトで頑張ったんだよ！」

「お前、パソコンの授業さっぱりだったもんねー」

苦言を呈したかと思いきや、教頭は老眼鏡をクイッと持ち上げ——

「……十分だけ時間をくれないかー？」

自らのデスクに移動。手馴《てな》れたようにパソコンのスリープを解除した。

背後から覗《のぞ》き見《み》ると、某画像編集ソフトを起動させ、トミさんのチラシに載っている宣伝文句を参考にリメイクしているではないか。

「正清、チラシで使う画像データは持ってきてるかー？　あるなら貸してくれー」

「お、おう。いちおうＳＤカードは持ってきてるど」

トミさんから記録媒体を受け取ると、教頭はパソコンに接続した。

「プリント作りは教師の得意分野だからねー。こんなレベルなら、ちゃちゃっと作り直せるよー」

その言葉通り、瞬時に構築されていく編集画面。文章自体はトミさんが考えたものだから、教頭は体裁を整えたりデザインだけに集中できるのだ。

画像はＳＤカードからコピペして、編集画面に配置。ここまで僅か五分足らず。

忙《せわ》しなくタイピングやショートカット、マウス操作が繰り出され、残像が発生しても不思議じゃない手練《てだ》れだと感心せざるを得ない。

毎日プリントを作っている大ベテラン教師、すげぇ。

「……ふう、完成だねー。レーザープリンタにデータを送ったから、必要な数だけコピーして持っていきなさいー」

数秒後……印刷されたチラシが、職員室のプリンターから排出されたのだが、

「うおぉ……俺のなんかとは比べ物にならねぇ……」

トミさんは声を震わせながら感動。一目瞭然と断言できるクオリティの差だった。

「杉浦……いや、杉浦先生！　あざーっす！　この恩は一生忘れません！」

「……おい、手のひら返し早すぎないかー。いつもそんな態度であってくれー」

頭を下げたトミさんに苦笑する教頭だが、なんだかんだで嬉しそうなのは気のせいじゃない。教え子に感謝されて、嬉しくない先生なんていないだろうから。

「杉浦もぜひ来てくれよな！　絶対に楽しいからよ！」

「ははっ……気が向いたらなー」

この地域は人口が少ないけど、心優しい人は多い。今さら、俺はそう実感した。

トミさんやエミ姉と手分けして、校内や周辺の掲示板等にチラシを貼らせてもらい、俺たちは撤収することに。職員室から立ち去る直前――俺は教頭に呼び止められた。

「松本《まつもと》君は祭りに参加するのかいー？　チラシに書いていた〝スペシャルゲスト〟とは、たぶんキミたちのことだろうー？」

「鞘音次第……だと思います。あいつを引っ張り出すには、まず俺が頑張らないといけないんですけど……」

煮え切らない返答をすると、

「松本君と桐山さんが揃うなら僕も見に行くよー」

「やっぱり、教頭も鞘音のファンなんですね」

「……いや、桐山さんだけでは聴く意味がない。僕が聴き惚《ほ》れた音は――キミたち二人で作り上げた音だからねー」

意味深な言葉を残し、教頭は職員室へと戻っていく。

「インディーズ時代がよかった、と嘆く古参ファンみたいなものだー。気にするなー」

二人で作り上げた音……か。ＳＡＹＡＮＥが東京で歌っている音と、過去の桐山鞘音がここで歌っていた音……何が違うんだろう。

分からないんだよ。すぐ逃げ出していた鈍感なゴミクズだから。

「あぁ～、頼もしい後輩が手伝ってくれるとは嬉《うれ》しいぜ！」

チラシを貼り終えたあと、俺とエミ姉が連れていかれた場所は公民館。爽やかに俺たちを先導するトミさんを背後から引《ひ》っ叩《ぱた》きたい。

ふざけるなよぉ。なにが『三十分で帰すから』だ。

正面玄関に足を踏み入れた瞬間、

「おおっ、依夜莉さんちの修くん！　はっはぁ～、助かるべ！」

「あ、はい。どうも……」

さっそくトミさんの親父《おやじ》に見つかり、簡単には帰れない大歓迎ムードを演出された。

公民館にて進められていたのは当日の下準備。大量のパイプ椅子や工芸品を展示するための机などをイベントホールへ搬入していたり、安い予算の装飾品を作っている。

作業している人たちは、見るからに定年退職した高齢層が中心。それに比べたら平均年齢低めの主婦も数人ほど。

重量物の移動もあるため、猫の手も借りたい気持ちは分かる。分かるけど……この似た者親子め、最初《はな》から俺を作業員にする気満々だったな。

平日の昼間にヒマを持て余した成人男性——その名は松本修《ニート》。

ポジティブに考えると、俺は選ばれたのだ。頼れる仕事人として。

「昼飯を御馳走《ごちそう》すっから、どうかよろしく頼む！　馬鹿息子は午後から仕事だし、数少ない学生は学校があるし、年寄りばかりじゃ大変なのよ！」

「……はい」

選ばれし男なのは光栄だが、労働の報酬が昼飯だけか。テンションが上がらない。

「ワタシも手伝うから一緒にがんばろうねぇ♪」

「はい！　頑張ります！」

エミ姉に褒められたいから死ぬ気で頑張ろっ!!

「おっし！　それじゃあ、修くんはオラと一緒に長机を運んでけろ！」

えっ、エミ姉との共同作業じゃないの？　やっぱり帰りてえ。

エミ姉は事務仕事のほうに引き抜かれ、俺は豊臣《とよとみ》親子が指揮する力仕事班へ。気分の急激な浮き沈みを我慢しつつ、昼下がりまでは怠惰な身体《からだ》を酷使するはめになりそうだ。

「はあ…………疲れた…………」

イベントホールのモップ掛けをしただけで、お飾りの体力が干ばつ。早々にロビーへ避難し、参加賞として支給された缶コーヒーを情けなく啜《すす》る。

無理よ、肉体労働は。パソコンやスマホ画面と睨《にら》めっこするのが日課だもん。

こっそりバックレようかな……。

高校と大学時代、いくつかバイトを経験したことがあるけど、大抵は無断欠勤からの音信不通で辞めた。バックレ、という最低行為の常連。

逃げるのは慣れている。その後の現場がどうなろうと、知ったことではない。

「……いや、駄目だろ」

昨日の光景を思い出す。

完全には見放していない。失望していない鞘音の瞳を。

生温《なまぬる》い缶コーヒーを飲み干し、皆の休憩が終わる時刻より一足早く——俺は展示台の運搬に着手した。

誰もが嫌がる単調な雑用だろうと、俺という人間を必要としてくれる限り。

「あっ、修くーん」

ホールにやってきたエミ姉。

名前を呼ばれたので一時的に作業の手を休ませると、

「汗、いっぱいかいてるよ。ちゃんと拭かないと風邪ひくからぁ」

ふいに、ハンドタオルを俺の額へ押し当ててくれる。心配そうな困り顔のエミ姉を独占した俺の体力とやる気が、瞬時に全回復した。

単純だよ、男は。女のためなら潜在能力を覚醒できるのだから。

「残りのパイプ椅子とか長机は、俺が全部運ぶ予定なんです」

舞い上がったイキリ男子。勢いに任せ、無駄に多くの仕事を引き受けてしまう。

エミ姉に褒められたいドーピングが、五分で途切れるとも知らずに。

……………………腰が痛いよう。泣きたいよう。

心のオアシスだったエミ姉も持ち場に戻ってしまったし、周囲にいる爺《じじい》は身体の痛みや持病、行きつけの病院を語るばかり……黙々と作業に没頭するしかなかった。

これでも、少しは皆の役に立っているのだろうか。

「ふいー、腰いでぇ……。やっぱり大変だっちゃなぁ」

「それでもやるしかねえべ。俺たちがやらなくなったら、誰もやる人いねえおん」

お疲れ気味のオッサンたちから、そんな雑談が聞こえてくる。

その通りだ。この人たちが企画したり準備しなかったら、たぶん廃れていく。

祭りを開催したとて、給料がもらえるわけでもない。地位や名誉が与えられるわけでもない。それでも、この人たちは自発的に行動を起こす。

生まれ育ったこの町が好きだから——トミさんと同じ理由。

俺にはそんな感情がない。地元を好きになる資格もない。

「はっはーっ！　スティールだべぇ！」

おい、トミさん。

「レイアップシュート！　ひゅう〜♪」

堂々とサボってんじゃねぇよ！

暫《しばら》くは真面目に作業していたトミさんだったが、午前授業で下校してきた小学生と室内バスケを始める始末。オッサン連中も駄弁《だべ》りの合間に作業みたいなペースだし、黙々と椅子や展示台を運んでいる自分が馬鹿臭くなる。

「おーい、修もバスケ混ざんねぇ？　負けたらジュース奢《おご》りで」

「いやいや……祭りの準備に来たんじゃないの？　真面目にやらなきゃダメでしょ」

瞳を丸くしたトミさんが「ふはっ」と、笑いを噴き出す。

「あのな〜、これは祭りの準備であって労働じゃねぇど」

「そう言われても……」

「俺たち自身が楽しくなけりゃ、他人を楽しませることなんてできねぇ。地元民との交流がイベントの活性化に繋がっていくんだぜ」

サボっていたくせに、正論を言っている風なのが腹立つ。

「だからよ、お前も一緒に遊んで――」

「トミさん」

「ん？　ハンデでも欲しいのか？　お前だけシュートが決まったら十点にすっか？」

「そろそろ労働の時間じゃないの？」

壁掛け時計を見たトミさんの顔色が青ざめた。

遅番の勤務時間はよく知らないが、すでに正午を過ぎている。

「さぁさぁさぁ！　一家の大黒柱は労働さ行ってくるべっ！」

バスケットボールを俺に投げ渡したトミさん。

慌てながら愛車に飛び乗り、そのまま仕事場へと走り去っていった。

「え〜？　トミお兄ちゃんは仕事行くのかよ！」

「こっからが熱い試合だったのにね〜。どうする、陽介《ようすけ》？」

愉快な兄貴分がいなくなったからか、不満な表情を隠さない二人組の小学生。暴れ足りないとでも言わんばかりに、ボールを持った俺の方へ興味の視線を向けた。

「お兄ちゃん、だれ？　最近見かける新顔だけど」

陽介とやらに不思議そうなリアクションを浴び、まさかの新顔扱い。五年ほど東京にいたうえ、地元民との交流を避けていたから認知度は皆無なのは当然だけども。

「友達いないだろうしヒマそうだけど、大学生とか？」

「あ、あれだ。今は〝秋休み〟ってやつだから、祭りの手伝いでもしようかなーと」

毎日が秋休みだけど。てか、この陽介とかいうガキ、トミさんの影響で生意気だな。

「はっはっは！　修くんは無職のニートだど！」

トミ親父！　茶々入れてくんなよ！　小学生にちょっと引かれちゃったじゃん！

「キミたち、よかったら準備を手伝ってくれない？　俺とオッサン軍団だけじゃパワー不足なんだよね」

「やーだよ。旅名川祭りなんて興味ないし〜友達とゲームしてたほうが楽しいもん」

「毎年おもしろくないもんね〜。年寄り臭いことしかやってないから」

俺も同意見だったけど、子供は正直すぎて残酷だなぁ……。

「バスケでボクたちに勝てたら手伝ってあげようかな〜」

「ま、マジで!?　やるやる！」

猫の手も借りたすぎる状況だからか、運動不足の男が血迷う。

「よしっ！　オラも修くんの助っ人すっかな！　旅中バレー部のエースだった血が騒ぐど！　トスなら任せろっちゃ！」

「トスじゃなくてパスが欲しいです」

トミ親父が腕捲《うでまく》りするも絶対に戦力外だろ、この人。ビールっ腹だもん。

結局２ｏｎ２のバスケに巻き込まれ、一本のシュートも決められず——三分で力尽きた。トミ親父に至っては三十秒くらいで足を挫《くじ》き、そのまま退場する始末。

「はあ……はあ……俺にスポーツは……きついって……」

俺は仰向《あおむ》けのまま、荒い口呼吸を繰り返す。上から覗《のぞ》き込《こ》んでくる小学生は、物足りなさを瞳に詰め込んでいた。勘弁してくれ……俺はトミさんじゃないんだ。

「もう動けないから……。俺に構わず遊んで来いって……」

「うわ〜、逃げるのかよ。無職でヒマなのに〜なっさけねぇ〜」

カチーン。

「無職でヒマは関係ないだろうがっ！」

陽介の煽《あお》りにブチ切れる二十歳。

逃げる、というワードが胸に突き刺さり、俺の身体を強制的に揺り起こした。すぐに実家へ戻り、公民館に戻ってきた俺は——

「ヒマを持て余した大人の力を思い知れ。俺が勝ったら祭りの準備を手伝えよ」

持参したゲーム機と共に、テレビがある休憩室へ誘った。

「見たことないゲーム機だけど上等だぜ〜っ！　ボクらが勝ったらルウィッチ買って！」

おいおいおい、無収入のニートに最新ゲーム機を強請《ねだ》るのか？

まあ……九十年代を生きていない小学生が、このゲームで勝てるわけないけどな！

そこからは俺の逆襲。戦闘機に乗った動物がビームを撃ち合う『ギャラクシーフォックス74』を対戦プレイし、

「どうだぁ！　俺に勝つなんて百年早いわ！　へいへいへーい！」

小学生相手に大人げなく無双する二十歳。

勝つのは当たり前なんだよ。こいつらが生まれる前に発売されたゲームなんだから。

宙返りもUターンも教えてない悪い大人なんだ。すまんな、小僧ども。

「なに⁉　躱《かわ》された……だと？」

教えてもいない宙返りを披露され、俺のビーム攻撃が躱された。操作に慣れてきた小学生たちは団結し、キツネを使っていた俺の戦闘機を取り囲む。

こいつら！　自前のスマホで操作方法をググってやがる！

「ニート兄ちゃんがそっちに行った！　囲んでボコれ〜っ！」

適切な指示を出し合う小学生……というか、泣きそうになるからニート兄ちゃんって呼び方はやめない？　精神攻撃は卑怯《ひきょう》でしょ。

「ニート兄ちゃん、決して諦めるな。自分の感覚を信じろ」

「うるせぇよ！」

陽介の煽りにブチ切れ案件、二度め。うるせぇしか言い返せないって雑魚すぎない？

「なあ、お前らの小学校にリーゼって女の子がいるだろ？　学校ではどんな様子なんだ？」

精神攻撃を回避するため、共通そうな雑談を振ってみると、陽介が黙り込んだ。

「いるね～。同じクラスにいるねぇ～」

陽介の友達が、彼を茶化《ちゃか》すように肘で小突く。これはひょっとして……？

「陽介はリーゼのことが好きなのか？」

「だ、誰があんなヘンテコなやつを！　一人で可哀《かわい》そうだから構ってやってるだけだ！」

赤面しながら猛烈に反撃され、俺の戦況が著しく悪化した。

「俺が……ギャラフォで負ける⁉　旅名川最強（自称）の……松本修が⁉」

追い詰められたときの最終手段はリセットだが、さすがにゲスの所業。良心が痛んだ敗北寸前の男はこっそり床を叩《たた》いた。この勝負は……引き分けといこうぜ！

「あっ⁉　バグった～⁉」

「ん～、古いゲームだから仕方ないなぁ」

ちょっとした振動での強制フリーズ。白々しい大人に疑いの矛先を向けてくる子供たちだったが、俺は何食わぬ顔でカセットを入れ替えた。

ゴールデンアインなら勝てる。キャラ選択でオッドジープをぶん取り、トイレに立てこもりながら返り討ちにしていけば……勝てるはずなんだ！

「ズルい兄ちゃんの人生もリセットできればいいのにね〜」

「おい、やめろ。俺もそろそろ泣いちゃうぞ」

お前らの精神攻撃は、お前らが思っている以上に心が抉《えぐ》られるんだよ。

ゲームみたいに何回も人生をやり直せたら……そう願うのは愚かで虚《むな》しすぎる。


「こーら、いつまで遊んでるの。修くんは大きな小学生みたいだねぇ」


いつの間にか背後に忍び寄っていたのは、呆《あき》れ顔《がお》のエミ姉。

「……遊び始めたのはトミさんなんですけど」

「あの人は昔から大きな小学生だからぁ。修くんは影響されちゃダメだよ」

リモコンでテレビを消され、背中を押されながらホールに連れ戻されてしまう。ここで意外なのは、設営作業に関係ない小学生たちがホールに付いてきたこと。

「ニート兄ちゃんが可哀そうだから手伝ってやるよ」

「また今度、あのゲームで対戦しようね〜」

そう言いながら、小学生たちは設営を手伝い始めた。短時間の交流だったけど、多少は仲良くなれた証《あかし》……なのだろうか。

ただゲームを持ってきただけだけど、トミさんみたいに自分から行動を起こして生じた些細《ささい》な変化。会話すら拒んでいたら、こんなやり取りも存在していなかった。

俺が小学生の頃は、トミさんがこんな風に遊んでくれたっけ……。

「旅名川祭りに来てくれよな。絶対楽しい……いや、俺たちが楽しませるからさ」

「うん！　友達いっぱい誘って遊びに来るね～っ！」

陽介とのこんな口約束でも、慣れていない俺にとっては新鮮味が溢《あふ》れる。

【俺たち自身が楽しくなけりゃ、他人を楽しませることなんてできねぇ】

さっき、トミさんが残していった言葉の抜粋。

俺にはまだ理解が難しいけれど、たまにはこういうのも悪い気はしない。

「ありがとさん！　だいぶ助かったぁ～」

「若けえ者は凄《すご》いっちゃなぁ～っ！」

「いえ……後半はバテバテでしたけど、準備が無事に終わって良かったです」

会場設営が終わったのは夕方ころ。

トミ親父《おやじ》を始めとした地元民に、ささやかな労《ねぎら》いの言葉をもらう。

交流を避けていた……そんな俺に対し、息子を褒めるような声色で。

いつ以来だろう。他人に感謝されるのは。

この人たちが紡いできたものを、もっと大勢の人に知ってもらえるように――俺は数日間だけ全速力を出す。

桐山鞘音が期待する松本修に、ほんの僅かでも近づきたいと思うから。

「リーゼは児童館にいると思うから、修くんも迎えに行かない？」

準備組は現地解散し、エミ姉と一緒に近所の児童館へ。

彼女と肩を並べながら歩いている途中、なんとなく気付く。

いつの間にか、エミ姉の身長を追い越していることに。

子供の頃に見ていたエミ姉は、もっと高身長……まさしく大人のお姉さんだった。彼女が縮んだのではなく、会わなかった数年の間に俺が大人になったということ。

「んっ？　どうかしたぁ？」

俺の横目を察したのか、不思議そうに首を傾《かし》げるエミ姉。

追い越した目線が嬉しくもあり、

「別に……相変わらず綺麗《きれい》だなって」

「こらこら、年上をからかうなよぉ。綺麗なんて言われたら、建前でも嬉《うれ》しいんだからぁ」

二度と戻れない時間の経過を感じて切なくもある。

どうでもいい哀愁を覚えつつ、他愛《たあい》もない日常会話のパスを楽しんだ。

「旅名川祭りの宣伝なんですけど、広告用のPVみたいなのは考えてますか？」

「うーん、現状はチラシとHPで精一杯だよねぇ。そういうのに疎い年齢層が多いし、正清さんも詳しいほうじゃないと思う」

それなら、もしかして力になれるかもしれない。

淡い幻想の記憶を辿《たど》れば、俺ができることは自《おの》ずと分かる。

「レッスンを受けながら……にはなるけど、俺に任せてもらってもいいですか？　鞘音の知名度に比べたら微々たる効果かもしれない。でも、行動しないよりは──」

行動しないよりは、最初から無駄だと決めつけるよりは、ずっと良い。

＊＊＊＊＊

翌日の水曜日──練習部屋を訪問し、マンツーマンで教えてくれると期待していたのだが……今日はなぜか、朝から外出用のアウターを羽織るエミ姉。

いかにも外出します、みたいな身支度をせっせと始めた。

「えっ……どこかに行くんですか？」

「正清さんから聞いてないんだっけ？　ワタシ、音楽教室と並行して三雲《みくも》旅館のパート従業員もやってるんだぁ」

それは近所の小さな温泉旅館。トミさん、エミ姉、鞘音と一緒に何度か入浴に行ったことはあるが、ここ数年はあまり顔を出していなかった。バイトを募集するようなチェーン店は車移動の距離なので、徒歩で通うならここしかない。

「てっきり、音楽教室だけだと思っていました……」

「そうしたいんだけど、最近はレッスンを受けにくる子供も減ってきてねぇ。夫の扶養から外れないように調整しながら、週に三日はパートもやってるんだよぉ」

やっぱり、ここでも世知辛い現状になっているのか……。

「ワタシがバンドに協力するのは、正清さんの力になりたいっていうのもあるし、地元の子供たちがもっと音楽に触れるキッカケになったらなって想《おも》いもあるんだ。教え子が減っていくのは、やっぱり寂しいしさぁ」

「そう……ですね」

「あとは、リーゼにお友達でもできたらーって。お祭りに来た小学生たちに、娘の晴れ姿をお披露目《ひろめ》したい母心かなぁ」

嗚呼《ああ》、なんて素敵な女の人なんだろう。心臓の熱源に充満した蒸気を放出するような溜《ため》息《いき》しかでない。こんなに献身的な嫁がいるトミさんに嫉妬してしまいそうだ。

「エミ姉はプロを目指していましたよね。もう、そういう気持ちはないんですか？」

「うーん……高校くらいまでは『音楽の世界で飯を食べる』なんて夢もあったけど、卒業後はすぐに結婚して、子供も産んじゃったからねぇ」

「もし、トミさんと結婚してなかったら……？」

俺の問いかけに、多少は考え込むエミ姉だったが、

「ワタシは鞘音ちゃんみたいにはなれない。譜面通りに楽器を上手く弾ける人は山ほどいるけど、ゼロから音を生み出す才能がワタシにはないんだよ」

優しく微笑《ほほえ》みながら、お手上げと言わんばかりに肩を竦《すく》めた。

　俺が言ったら滑稽で薄っぺらい台詞《せりふ》でも、エミ姉が言うからこその重厚な台詞。努力して演奏技術を身に着けても、天才にしか超えられない壁がある……努力もせずに〝凡才〟を言い訳にしている男とは明確に違う。

「未練は無いなぁ。正清さんとリーゼがいてくれる日常が、とっても楽しいから」

　やや照れ臭そうにしながら、エミ姉は素直な気持ちを惚気《のろけ》てくれた。好きな相手と結ばれて一生を添い遂げるというのは、夢を叶《かな》える以上に幸せだという人もいる。

　俺は馬鹿だから、こうしてエミ姉に教えてもらわなければ理解できない。

「ワタシの夢はリーゼに託した！　あの子が夢を叶えてくれるのがワタシの夢かなぁ」

「……ちょっとクサいこと言ってますよ」

「うるさいってぇ。自分で言って、ちょっと恥ずかしかったんだからぁ！」

　頬《ほお》を赤らめたエミ姉に、人差し指で頬をぷにっと押された。こういう可愛らしい仕草に子供時代の俺は胸を躍らせていたし、年上のお姉さん的な意味で憧れていたんだ。

「俺……エミ姉が見張っていないと、すぐにサボる自信がある」

「ええ？　そんなこと言われても、今日は夕方までシフト入れちゃったしなぁ」

「だから、旅館で練習します！」

　昔から世話になりっぱなしだな、俺は。

　でも、エミ姉なら笑って許してくれるから、つい甘えてしまう。

我ながらキモい。ワガママを言い、パート先に付いて来てしまった。

エミ姉が三雲旅館に掛け合ってくれると、経営している爺《じい》さんはすんなりと了承。あまり使われない空き部屋を貸していただけることに。

あっ、ここにもチラシが。旅館のロビーや玄関に貼《は》られていた祭りのチラシは、たぶんエミ姉の仕事。地元民や観光客への宣伝効果は高い……かもしれない！

「いや〜、看板娘のエミリィちゃんに頼まれたら断れねぇべ」

鼻の下が伸びているエロ爺《じじい》……じゃなくて、社長のお爺さんに感謝しつつ、六畳程度の和室に通された。総面積は少ない老舗の個人旅館だが、内装は綺麗に整っている。

運動部の合宿みたいだな。合宿したことないけど。

エミ姉とレッスンする他に、もう一つの大切な目的があった。

「旅館の内装とか外観を撮影させてもらっても構いませんか？　地元を紹介するＰＶに使いたいので」

「ぺーぶい、とはなんだべや？」

「ピーブイ、ですね。テレビのコマーシャルみたいな宣伝の動画です」

爺さんに分かりやすく説明すると、難なく了承を得ることに成功した。持参したデジカメを駆使しながら、旅館の風景を撮影していく。

静止画や動画の素材が集まったら、貸してくれた空き部屋へ帰投。温泉に通っていた日々を懐かしむ時間も省き、ここまで運ぶのに苦労した重い荷物を整理していると、

「どう？　練習できそうかなぁ？」

エミ姉がさっそく様子を見に来てくれた。臙脂色《えんじいろ》の作務衣《さむえ》が新鮮で、見慣れない仲居さんの姿に艶《なま》めかしさすら感じてしまう。欧風な容姿と和の融合……美しい。

こんなの……男性客はたまらんだろ。社長の爺さんがエロ面になる気持ちも分かる。

「うん、ヘッドホンで音漏れを無くせば迷惑もかからないだろうし、周辺も静かだから集中できると思います」

「周辺が静かなのは、泊まっているお客さんが少ないからだよぉ。今日は平日だしねぇ」

「ここが混むのは、長期連休とか紅葉の季節くらいですもんね」

「そうそう。今月の下旬くらいから、ぼちぼち増えてくるとは思うケドさぁ」

失礼な言い草だが、実際その通りである。地元のエロオヤジどもは、日帰り温泉という建前でエミ姉に会いに来ていそうだ……いや、来ているだろうな。

「素材に使いたいので、接客している雰囲気が欲しいんですけど」

そう言いながら、俺は動画モードのカメラを向けた。

「え、ええ……？　ワタシも撮られるのぉ？　恥ずかしいんだけどぉ」

「ちょっと色っぽく、大人の笑顔で……そうそう、髪を耳にかける仕草も欲しいですね」

困惑しつつも両膝を突いたエミ姉。恥ずかしがりながら、カメラ目線での接客スマイルを繰り出すと……俺の視線がもう釘付《くぎづ》け。素材に使う？　個人観賞用ですね。

しなやかな金髪を耳にかけた瞬間、シャッターを切る人差し指がお辞儀の往復だ。

「も、もう！　撮りすぎ撮りすぎ！　目が血走ってるぅ！」

「いや、もう少し……！　あと二十枚くらい……！　頼むよ、エミ姉……！」

必死なエロカメラマンかな？

さすがに照れ臭くなったのか、両手を伸ばしてレンズを封じてきた。グラビア撮影しに来たわけじゃないからな！　このぐらいにしておこう（最高画質で保存）。

「ワタシが集めている写真も、あとで修くん宛てに送っておくね。正清さんは中学校とか昔遊んでいた場所を撮ってきてくれるってぇ」

「ありがとうございます！　ホント助かります……！」

「気にしないで。祭りの当日までは時間もないし、修くんだけじゃ大変だろうからねぇ♪」

旅名川の人々や場所の写真・動画を手分けして集める……昨日、エミ姉が提案してくれた。本当にありがたい。動画の編集作業もあるため、俺一人では絶対に無理だから。

そして、こっちも忘れちゃいけない。テーブルにキーボードを置き、レッスンの準備は完了した。エミ姉の家から拝借したのはＷ５という機種。黒塗りの外装はそれなりの使用感があるものの、丁寧な手入れが施され、二十年以上前の代物と考えれば綺麗だと思う。

「それじゃあ、目先のお仕事を片づけたらまた来るから。それまでは今まで教えた部分を復習しておいて」

小さく手を振りながら、エミ姉が退室していった。エミ姉がいつ見にくるか予想できないプレッシャー。小鳥の囀《さえず》りを堪能しながら、俺は鍵盤に意識を注《つ》ぎ込んだ。

サボりの欲求が湧いても、エミ姉の幻滅した顔を想像しながら耐え凌ぐ。数少ない味方であり、心から甘えられる人なんだ。絶対に見放されたくない。

しかし、時間の経過と共にモチベーションは下がってきた。

誰の助けもないと、やる気が空回りしていく。思い通りに指が動かない。もっとできるのに、頭では理解しているのに。したいこと、できることの差が焦燥を煽る。

ぐおっ⁉　集中力が切れかけたとき、頭上から衝撃が降り注いだ。

「シュウ。やってるカー？」

振り返ると、俺に対して寄りかかるように抱き着くリーゼがいるではないか。小柄だから重くはないけれど、勢いよく体当たりされたから衝撃は凄《すご》かった。

「リーゼ……小学校は？」

「昼休ミ！　自由時間は荒廃した世界を流離《さすら》うコトにしてイル」

部屋の時計を確認すると、正午近く。外部の音を遮断し、意識を集中させていたから現時刻もリーゼの接近もまったく気付かなかった。

「ママから貴様が練習していると聞イタ。見張りは任セロ」

「サボったらまた体当たりするの……？」

「フハハ〜、罪人には革命と共に裁きの鉄槌《てっつい》を与えるゾ」

幼げに微笑みながら、リーゼは後方へと下がり——

「断裁のジャッジメント！」

「うぐっ！」

——俺を目掛けて決死のダイブ。

懐に飛び込んできたリーゼの衝撃に負けた貧弱ニートは、一緒に畳へ倒れ込む。すると
なんということでしょう……迫り来る眠気が吹き飛んだのです!!

「どう？　練習進んで……ってリーゼ!?」

部屋に入ってきたエミ姉の視界には、寝そべる俺に跨《またが》っていたリーゼの姿が！

「ごめんねぇ修くん。すぐにリーゼを撤収させるから、その後にレッスンしようかぁ」

「グァアアアアア！　魔女狩りは許されナイゾーっ！」

「はいはーい、小学校に戻りましょうねぇ♪」

小学校からの脱獄（？）は日常茶飯事らしい。

「あと、依夜莉さんからの差し入れ。ガス屋のトラックで立ち寄っていったよぉ」

エミ姉から渡された巾着袋に入っていたのは、形が不揃《ふぞろ》いな手作りおにぎり。中学の頃
は給食がなかったから、おにぎりや弁当を苦戦しながら作ってくれていたっけ……。

両手を合わせた後、おにぎりを口いっぱいに頬張《ほおば》って空《す》きっ腹《ばら》を満たした。

「修くん……ワタシが義理のお義母《かあ》さんになるのは、まだ早いような気がするぞ♪」

「やめてください。誤解ですって」

悪戯《いたずら》にからかってくるエミ姉。フリーダムな幼女をガッチリと捕まえながら、一先《ひとま》ずは
部屋を立ち去って行った。エミ姉も昼休憩に入るから、暫《しばら》くは二人で練習できる。

うん。とりあえずは眠気も覚めたし、気分転換もできた。一人だと視野が狭くなるうえに、心の油断も生まれやすい。孤独に抱え込んで、心身が追い詰められていく。

もしかしたら、リーゼなりに励ましてくれたのか？

優しい両親に育てられた優しい小学生じゃん……。育て方、間違ってないよ。

「迎えに来てクレなんて頼んだ覚えがナイ。リーゼは自由を愛してイル」

窓の外からリーゼの声が聞こえたかと思いきや、

「いつもいつも、勝手にいなくなるなよ！　お前なんて、オレくらいしか探しに来ねえぞ！」

同級生の陽介がリーゼを探しに来たらしい。エミ姉からリーゼの身柄が引き渡され、二人は微笑ましい口論をしながら小学校に戻っていった。

妙な親近感を覚える。その光景は……かつての俺と鞘音に、どこか似ていて。

「待ってろよ……鞘音」

あいつに見せてやる。ゴミの人生は、最後に燃えて終わるんだということを。燃え尽きる瞬間くらい、この世の誰よりも光り輝きながら散ってやる。

だから、待ってろ。お前を――祭りに引きずり出してみせるからな。

ただひたすら、鍵盤を叩《たた》き続けた。鼓膜に音を叩きつけるため、力強く全体重を乗せるように。腹が減った、眠い、疲れた。こんな欲求は今まで散々貪ってきた。

指が千切れてもいい。今死んでもい……それは困るか。六日後には死んでもいいから、せめてこの五日間だけは最高に命を燃やさせてくれ、神様。
最後に笑って、死ねるように。

レッスンが終わったら、今度は自宅での編集作業。
朝早くに地元を流離い、素材を集めながら小中高生へとチラシ配り。朝十時くらいから
エミ姉の実家でレッスン。夜に帰宅してから朝方まではパソコンの前……祭り当日までは、
こんなサイクルの一日が過ぎていく。
睡眠は三時間。漫画、アニメ、ゲーム……以前の日課など、時空の彼方《かなた》へと消し去って。
時折、母さんが俺の部屋を覗いては「病人はさっさと寝ろ！」と心配してくれるも、息
子は大人しく従うふりをしながら、母さんの気配が去った直後にはパソコンの前へ。
見回りに来た先生を欺く修学旅行の夜。そんな攻防に似ていた。
旅名川祭り前日の土曜日――数分前までは金曜日だった深夜帯に、動画の編集画面を凝
視。ブルーライトを浴び続けた疲れ目を擦《こす》り、気難しく頭を抱える。
「肝心なものが足りない……」
PVの最後を飾る予定だった場所の映像がない。いや、あるにはあるけど……その季節
じゃないんだよ。
その場所とは旅名川河川敷。十月の現在、桜並木も菜の花畑も完全にオフシーズンであ
り、撮影した動画は平凡で面白みのない河川敷でしかなかった。

これでは意味が無い。旅名川を知らない人へのアピールとしては弱すぎる。春に撮影されたものを地元の誰かに借りるか、代案を考えるか。悩んでいる時間すら惜しいうえに、PVとしては既に機能しないだろう。一日で広まる宣伝の範囲など、たかが知れている。祭りのHPに載せたとて、一般人のSNSから発信したとて。

それでも……やるんだよ。何もせずに終わりたくないんだ。

俺にできることは、今も昔もこの程度だから……せめて、それくらいはやり遂げたい。

パソコンの過去フォルダを漁《あさ》っていると――

「これも……消せなかったのか」

一抹の希望を与えてくれたのは、数年前の画像や動画のデータ。

見知った少女が映った懐かしい姿を、すぐには直視できない。目を背けたがる本能を抑え、抜粋したシーンを編集のラストに組み込む。

このPVに相応《ふさわ》しいBGMは一つ。

俺と少女を繋《つな》ぎ止《と》めている唯一の旋律だけ。

「できた……」

最終チェックを終え、パソコンの電源を数時間ぶりに落とす。

チェアの背もたれに背中を預け、天井を見上げた頃には……射光がカーテンの隙間を突き抜けていた。

スマホを片手に取り、トミさんに発信。土曜だから休みだと思うけど、起きているかな？

『——……ういっす』

数回のコールを挟み、気怠《けだる》い声が返ってきた。

「仕事で疲れてるところ、朝早くに電話してごめん。寝てた……よね？」

『——うーん……まあな。昼まで寝てるとリーゼに叩き起こされっから、丁度良かったけどよ……』

どんな風に叩き起こされるか、ちょっと見てみたい。

「公民館のイベントホールに、ライブ演出用の照明機器を搬入しても大丈夫かな？」

『——くるくる回して色を変えるライトなら公民館にもあるど？』

「スタンド式だけだと、やっぱり物足りないんだ。鞘音を引っ張り出すからには、できるだけ最高の環境にしてやりたい」

『——ちなみに、どういう機材が必要なんだ？』

「PARライト、ムービング、ミニブル、ピンスポ……そして照明を操作するDMX類は必要かな。光を強調するスモークマシンも、春咲《はるさき》市のレンタル業者から借りようかと最低でもこれくらいは揃えたい。

祭りは明日だが、すぐに手続きすればギリギリ間に合う。

『——俺としては大賛成だが、実行委員の予算はもう残ってねぇぞ』

「だよね……。もしかしたらって思ったんだけど……」

当日限定のレンタルとはいえ、数万円はかかるだろう。実行委員の予算が使えないのであれば自腹を切るしかない。

最小限のレンタル数に抑えて、新しいゲーム機とかソフトを売り払えば……。

『――レンタル業者はこっちで対応すっから、お前は自分のことを優先してけろ。会場設営や運営に関しては、イベントに関わる機会が多い俺の方が適任だべな』

「えっ？　お金は……？」

『――大金持ちじゃねえけど、それくらいなら先輩が奢《おご》ってやる。お前らをステージに呼んだのは俺だしよ、頼ってくれるなら喜んで協力するべさ』

……カッコよさの不意打ちはやめてくれ。

『――俺もお前らを頼るから、お前も俺たちを頼れ。それが地元の仲間ってもんだろ』

トミさんみたいな男になれなかったことを、後悔してしまうから。

『――エミリィが待ってるんだべ？　はよ行ってやれっちゃ』

「……ありがとう、トミさん」

感謝の言葉は小さな声で。

「最近のエミ姉、トミさんが知らないような表情をいっぱい見せてくれるんだよね」

『――は？　おい、おいおい。俺が知らないエミリィってなんだ!?　おい！　お――』

一方的に電話を切った。

からかいで誤魔化《ごまか》したのは、トミさん相手に真面目な空気が気恥ずかしいため。

この町は酷《むご》い。

根っからの悪役がいないので、俺が底辺の位置になってしまう。

さて——最後のレッスンに行こうか。


土曜日の深夜にまで及んだレッスンも終盤に差し掛かり、エミ姉の実家に缶詰め。本番に演奏する三曲を通しで弾くだけの最終段階になった。

コピー曲を譜面通りに奏でるのが精一杯だけど、あとは本番のテンションに任せてどうにでもなれ。度重なる疲労と睡眠不足が、身体《からだ》の重心を不規則に揺さぶる。

指や腕の痛覚は麻痺《まひ》した。痛すぎて、もう痛くない。

思考回路が機能しない。何度も刻み付けた軌跡をなぞり、毎日繰り返した音を本能に任せて弾き切るだけ。


……………………………。


瞳を開けると、そこには天使がいた。

死んだわけじゃない。景色は現世だ。かなり記憶が曖昧なのだが、エミ姉の実家で鍵盤にひたすら身を傾けていたのは覚えている。延々と——エミ姉の拍手が耳に届くまで。

窓から差し込むのは、白みがかった早朝の光。部屋を彩る楽器の形に伸びた影。

「すう……んっ……」

後頭部には柔らかい極上の感触。横たわる俺の視線には、エミ姉の無垢《むく》な寝顔があった。

くわぁ……マジか。俺……膝枕されてるじゃん。

途端に恥ずかしくなり、顔の表面温度が急上昇した。反則だろ。可愛すぎる。女の子座りで気持ち良さそうに眠っているエミ姉が。

ストッキングの肌触りやエミ姉の甘い香りは、激しい動悸《どうき》を爆発的に促す。

どうして、こんな状況になったかは定かではない。でも……一生に一度あるかないかの最高級な膝枕を、もうちょっとだけ堪能していたいな。

かかってこいよ、豊臣正清。今だけは俺が、無防備なエミ姉を独占しているんだぜ。

「……うーん、あれ……？」

差し込む光が眩《まぶ》しいのか、瞼《まぶた》を小刻みに揺らした天使のお目覚め。

「おはよう、エミ姉」

「おはよう、修くん」

恋人同士かよ。最高かよ。

「……聞いてもいいですか？」

「うん、なに？」

「どうして、膝枕してもらう状況になったんですか？」

くだらない質問に、エミ姉が口元を押さえながら苦笑した。

「修くんが三曲を弾き切ったらすぐに寝ちゃったんだよぉ。本当に疲れていたんだねぇ」

「ああ……やっぱりですか」

昨日は全く寝ていなかったため、そんな予感はしていた。

酔い潰れて迷惑かける奴《やつ》みたいで申し訳ない……。

「起きるまで膝枕してあげようと思ったんだけど、ワタシもいつの間にか寝ちゃっていたみたい。なんかゴメンねぇ」

「いえ……最高な寝起きになりました」

きょとんと首を傾《かし》げるエミ姉だが、世の男子だけ俺の気持ちを分かってくれ。

「まだちょっと眠いので……もう少しこのままでも良いですか？」

「もぉ、甘えんぼさんだなぁ。正清さんにもしてあげたことないのにぃ」

今の台詞《せりふ》……やばっ。俺の顔、気持ち悪くニヤニヤしていないよな？

困り果てて眉尻が垂れ下がったエミ姉だったけど、

「……いいよ。頑張ったご褒美だっ」

聖母のように微笑み、そのままの状態で頭をゆっくり、ゆっくりと撫《な》でてくれた。これだけで、すべてが報われたような。全身の疲労が癒《いや》されていく感覚。

しかし、本番は今日の午後。最初で最後の本気は、そこで出し切ると決めた。

「エミ姉……」

「ん？　なあに？」

「俺さ……鞘音のところに行ってくるよ。あいつから逃げた最悪な人生だけど、一度くらいは本気であいつの隣を歩いてみたい」

「歩けるよ。今の修くんなら……だって、自慢の教え子だもん」

俺はこの人に憧れていた。

隣に住んでいた外国人のお姉さんとお近づきになりたくて、音楽教室に通い始めた。初恋……ではない。年上のお姉さんに憧れる時期もあるだろう、と。

でも、今なら断言できる。俺は、この人が初恋だったんだ。左手の薬指にはシルバーのリング。もう手の届かないエミリィ・スターリングという女性が――好きだった。

「エミ姉はさ……俺がいなくなったら寂しい？」

突然の質問に目を丸くしたエミ姉。しかし、穏和な表情は崩さない。

「……寂しいよ。たぶん、ずっと泣き続けて、涙が涸《か》れ果てても泣いて、いつレッスンに来てもいいように、ここで待ち続けると思う」

「そっか……ありがとう」

滲み出た雫《しずく》の粒が……俺の瞳から零《こぼ》れ落《お》ちそうだ。こんなゴミクズが消えても悲しんでくれて、ずっと帰りを待ってくれる人がいる。

意味があったんだろうか、俺の人生には。

何者にもなれないのに、生き長らえる価値があるわけもないのに。

「……そろそろ、行きます」

「うん、行ってらっしゃい」

俺が上半身を起こすと——ふいに瑞々《みずみず》しい感触が頬《ほお》に触れる。微《かす》かな吐息と、薄紅色の唇。数秒間の静寂は、エミ姉からのキスによって引き起こされた。

あくまで、仲の良い弟にするようなスキンシップ。それ以上でも、それ以下でもない。

このご褒美が欲しくて、とある男子小学生は足繁《あししげ》く通った。

もう、必要ないもの。これが最後のレッスンだから、ご褒美もこれで終わり。

「鞘音ちゃんと仲直りできるように……おまじない」

「惚《ほ》れちゃうんで……やめてください」

「こーら、人妻にそういう思わせぶりなこと言わないの」

「独身男を勘違いさせるエミ姉が悪い」

今はもう、好きじゃない大切な人。俺もエミ姉も、大好きな人が他にいる。

幸せになってください。

貴女《あなた》が愛している人と、夢を託した小さい少女と、いつまでもお幸せに。

さようなら、俺の初恋。

今行くぞ、俺が本当に——好きな人。

＊＊＊＊＊

早朝の冷えた空気を切り裂く行為は、思ったより遥《はる》かに爽快。犬の散歩をしていた爺《じい》さん婆《ばあ》さんを華麗に躱《かわ》しながら、鞘音の家にチャリで乗り付ける。

本心は不安と憂鬱。妙な脂汗をかき、震える足を前へ前へと漕《こ》ぎ出《だ》しながら、逃げたい衝動を振り払って、この場所に辿《たど》り着《つ》いた。

「ストーカーかよ……」

うろうろ、うろうろ。

チャリで周辺を蛇行したり、降りて歩き回ったり……人気アーティストに付《つ》き纏《まと》うヤバいファンと誤解されても文句は言えないな。

会ってくれるのか、言葉を交わしてくれるのか……恐れていても始まらない。これ以上嫌われようが構わない。底辺より下はない。

あいつが家にいる確率、九十八パーセント。二階にある鞘音の部屋を、外から見れば分かる。薄暗い環境が好きだから、カーテンが閉め切られていたら部屋にいる証拠なのだ。

「修君？　こんな朝早くにどうしたの？」

「あっ、おはようございます」

軒先に洗濯物を干していた鞘音の母さん。

「ごめんね、鞘音なら出掛けているわよ」

「ええ、そんなはずは……」

カーテン、閉まっているんだけどなぁ。なぜか、ちょっぴり窓も開いているし。

「……修君が来たら『出掛けたことにして追い返せ』って鞘音に言われたんだけど」

「やっぱり部屋にいるんじゃないですか！」

鞘音の母さん、あっさりゲロってしまう問題。

「お母さん！　なんで正直に言うのよぉ――――――――――――っ!!」

――大自然に響き渡ったのは、窓から身を乗り出した鞘音の雄叫《おたけ》び。あまりにも静かな田舎だから、庭で交わしていた俺たちの会話が聞こえていたらしい。

こっそりと聞き耳を立てるために、窓を微妙に開けていた疑惑もあるぞ。

「……………帰って」

バツが悪そうに、自室の窓を開放した鞘音。瞳を輝かせた鞘音の母さんが、好奇心旺盛な表情で俺たちを見守る。娘の色恋沙汰とでも勘違いしていそうだ。

「祭りに来てほしい。お前がいなきゃ何も始まらない」

「…………………」

聞こえているだろうが、返事は無言。構わずに言葉を続ける。

「逃げ続けた人生だけどさ、一度くらいは逃げずに立ち向かうって決めたから」

「……信用できない」

「口先だけじゃないってことを、今からエミ姉の家で証明してみせてもいい。お前が納得するような音を出し切ってみせる」

俺に背を向けたまま、押し黙る鞘音。庭から見上げているから、鞘音がどんな表情をしているのか分からない。たかが一週間の練習だが、俺にとっては自信の根源。失った信頼を、距離を、飾った言葉だけで解決することはできない。体現しなければいけないんだ。絶対に無理だという概念を覆すことによって。

「あとさ……宣伝用のPVも作ったんだ。トミさんとかエミ姉も手助けしてくれたよ」

「……どうして、それをわたしに伝える必要があるの？」

ポケットに忍ばせておいたUSBメモリを握り、

「お前には最初に見てほしい。あの頃の映像と……あの曲を使っているから」

口を真一文字に結んだ鞘音へと掲げる。

「今さらこんなものを作っても、ほとんど使い道はないと思う。それでも……鞘音に見てほしいから持ってきた」

意味が無いと分かっていても、何かをやり遂げた証《あかし》として――鞘音に贈りたい。

顔色を変えず、微動だにしない幼馴染《おさななじ》み。

そっちがその気なら、俺も痺れを切らす。

大きく振りかぶり、二階の鞘音に向けてUSBメモリを放り投げた。

精度良く弧を描いた記録媒体。

受け取ってくれ。

頼む。

放物線の終着は。

鞘音が差し出した右手。

無視すれば一階の屋根に落ちたものを、わざわざキャッチしてくれたのだ。

「……あなたが来たのは驚いたわ。あれだけ厳しく言えば、逃げ出すと思ったから」

「何度も逃げ出そうと思ったし、何度も家に引きこもりたいと願ったよ。でも……いろんな人の助けがあって、背中を支えてもらって、お前を迎えに来ることができた」

それが五年前との違い。勝手に一人で抱え込まず、至らない力を補ってもらったからこそ、一時的にでも向き合う余裕ができた。

離れていくお前の姿を、懸命に追うことができた。

鞘音は暫くのあいだ沈黙を貫くも……開いていた窓をそっと閉めながら、似合わない微笑を浮かべて一言を告げる。

「行けたら……行く」

それ、絶対に来ない奴の台詞じゃん。

# 第三章　田舎者の暴風

午前十時——第三十五回、旅名川《たびながわ》祭りの開幕。

とはいっても、派手なオープニングイベントがあるわけでもないし、出店が集うわけでもない。簡単に言えば、地味にヌルッと始まった感じだ。

公民館の駐車場には疎《まば》らに車が停車し、平均年齢高めの地元民が工芸品の見学や購入に勤《いそ》しむ。近隣の家畜市場跡地も駐車できるのだが、片手で数えられる程度の車しか止められていない。あとは徒歩や自転車で数人が様子を見に来ているだけだった。

二百人から三百人の見物人が来れば、例年通りの成果と喜べるだろう。

『——皆さんのおかげで、今年も無事に開幕することができました。今年はステージ発表が一味も二味も違うがら、たくさん楽しんでいってくださいね！』

トミさんがステージ上で挨拶をしたと同時に、ステージ発表の部もスタート。

『——マジでね、最後にすげぇ大物が控えてっから！　今のうちに子供とか孫とか、春咲《はるさき》市内の中心に住んでる人らも誘ってけさいん！　旅名川のイケメンからのお願い！』

マイクを通し、会場を盛り上げているトミさん。観客席のパイプ椅子に腰掛けていた老人たちから、温かい笑いが起きる。誰に対してでも飾らない性格だし、地元民や年寄りからの人気が高いんだよな、この人。

無職バレが怖くて交流を避けていた男とは大違いだ。

「というか、大物が来るとか予告しちゃっていいのか……？」

鞘音《さやね》が姿を現す確率は、ほぼ絶望的だというのに。俺たちの出番は午後二時の予定だから、それまでに来てくれないと尻すぼみで終了ということになる。

「おーい、修《しゅう》！　ほとんど業者頼みだったが、照明はこんな感じで大丈夫だったか？」

ステージから降りたトミさんの問いかけに、俺はグーサインを返す。

「うん、理想に近い会場になったと思う。本当に助かったよ」

「演奏中の照明操作は任せとけ。使い方は業者に教わったんでな、俺たち実行委員会が派手に演出してやっから」

イベントホールを見渡せば、レンタルした照明器具が希望通りに配置されていた。貴重な休日に対応してくれたトミさんのためにも、最高のパフォーマンスを披露したい。

「アンプとか音響もセッティングされてるけど、これもトミさんが？」

ステージや周辺には音響機材がすでに搬入され、ＰＡも文句なしのセッティングを施されている。ステージ最前に転がされているのはモニタースピーカーだし、他の演者さんが使うとは思えない本格的なライブ仕様だった。

「昨日、依夜莉《いより》姉さんとリーゼが搬入して準備したんだぜ。音のバランス調整とかもしてくれたし、俺は専門外だから助かったっちゃあ」

「そっか……二人にも感謝しないとね」

母さんも休日だったのに、内緒で手伝ってくれたのか。

「依夜莉姉さんは特に気合入りまくりでな『息子が演奏するんだから、半端な音じゃ許せねぇ』とか、あっ！　んあっ────っ⁉」

「正清《まさきよ》ォ！　べらべらと余計なことを抜かしてんじゃねえよ！」

トミさんの背後よりヤンママ襲来。

話の途中に尻を蹴られた当人は、ちょっと幸せそうに悶《もだ》えていた。

「バカ息子も駄弁《だべ》ってねえで、さっさと楽器運びを手伝いやがれ」

「はいはい」

この怒った口調は照れ隠し……息子の俺には分かるんだ。面と向かって礼を言うと増々怒るから、いつもと変わらない尻敷かれ息子を振る舞う。

俺一人では成しえない。様々な人に用意してもらった大舞台。

鞘音は来る。来てくれ。

俺とエミ姉《ねえ》はトミさんの車を借り、楽器の運搬をひたすら進めた。

「ドラムセットは重いけど……修くん一人で大丈夫？」

「任せてください。これでも男子なので」

なーんて格好つけたものの、くっそ重たいんですが。

エミ姉が要塞カスタムしていたドラムセットを一時的に分解し、ドラム用の専用バッグに収納。エミ姉の運転にて公民館の駐車場に運搬したあとは、控室へ搬入するために持ち運ぶんだけど……想像以上に負担が伸《の》し掛かる。

ハイハット、クラッシュ、チャイナ、スプラッシュ、ライド。シンバル類だけで計十三枚。各種タムとスネアが計九つ。バスドラは無駄に三つもあった。

母さんも軽トラで運搬を手伝ってくれたものの、三往復以上はしたぞ……。

「エミ姉……こんなにシンバルいる？　あとバスドラ三つもいらなくない？」

「いるよぉ！　三つ目のバスドラは二十インチだから、二十六インチと比べて音が違うし」

普段は穏やかなエミ姉から熱烈に反論された。

「まあ、正直ビジュアル重視だねぇ♪　ワタシのセットは見た目オンリーだからぁ」

ですよねー。それでこそエミ姉らしい。というか、エミ姉の実家って金持ちだよね。

「ドラム関係はワタシが運ぶから、キーボードとか弦楽器をお願いしてもいいかなぁ？」

「……すみません」

気を遣ってくれたエミ姉が、代わりにドラムのバッグを持ってくれた。俺、かなりダサくない？　力仕事で気を遣われる男子ってゴミ以下だろ。

インドアなニート生活により、すっかり全身の筋肉が衰えているらしい。

「重てぇもんはアタシが運ぶから、お前はライブの衣装でも運んでろ」

「うっす」

荷受けを手伝ってくれた母さんからも戦力外通告。

「容体が安定していても、お前は病人なんだからよ。あんま無理はすんな」

「……ありがとう。無理はしないから」

病気のことは母さんしか知らないから、違う意味で気遣ってくれる。発覚から一週間以上は経《た》ったが、最近は大きな自覚症状はない。

無理しない……という保証はできないけど、せめて自分が使うシンセくらいは運ぼう。

「弱い者は戦場で生き残れナイ。ココが中世ヨーロッパなら……死んでいたゾ」

「はぁ、情けないです」

軽々とギターを担ぐリーゼ師匠を見習いたいぜ。

ギターとベースは、持ち代え用のチューニング違いや予備を含めて、各三本以上も持ち込んでいる。ひーひーと弱音を漏らしながら、ようやく楽器や付属品をすべて搬入。

少しでも体力を回復させるため、畳張りの控室に寝転がった。

「ここまで準備して、ゲストの存在を匂《にお》わせて、あいつが来なかったら……泣けますね」

「鞘音ちゃんのこと？　きっと来ると思うよぉ」

妙に楽観的なエミ姉。スマホの画面を流し見ながら、微《かす》かに口角を上げた。

「あと、すみませんでした。せっかく協力してもらったのに、無駄なＰＶになってしまって……。使いどころがありませんよね」

「ううん、無駄なんかじゃない。修くんの想《おも》いは誰かに伝わってるよ、きっと」

首を左右に振り、エミ姉が励ましてくれる。がむしゃらに走り回っただけの男は……その労《ねぎら》いだけでも報われた気がした。

なんにせよ腕や足が痛いし、昼ごろまで休憩を……。

「遊ぶゾー。遊ぶゾー」

しかし、リーゼの妨害が発生。うつ伏せに寝そべる俺の背中に跨《また》がり、小柄な身体《からだ》を揺らしてくる。重くはないけど、勘弁してくれー。

「ママー、シュウー、遊ぶゾー」

「はいはい、分かったからぁ」

駄々《だだ》をこねる娘に根負けしたエミ姉が立ち上がり、母親らしくリーゼの右手を引いた。

「せっかくだから、修くんも一緒に行かない？」

「もちろん行きます」

単純な生き物だな、男というものは。休憩より女性の誘いを優先してしまうなんて。

疲労困憊《ひろうこんぱい》の身体に鞭打《むちう》ち、リーゼの左手を握る。夫婦と子供、みたいな未知の感覚を味わいつつ、三人で展示品を観覧したり、和太鼓や合唱などのステージ発表を鑑賞したりした。夫が実行委員の仕事をしている間に、妻や娘を連れ出す男………不倫かな？

一方の母さんは、鞘音の母さんと仲良く雑談を――

「おいこらぁ、桐山《きりやま》ァ、てめぇ。卒アル写真をエミリィに横流ししてんじゃねぇよ！」

「してないしてない。お茶を飲みながら～、卒アル片手に歓談しただけよ～」

「尻出せ。蹴る」

「いよりんの照れ隠しも可愛《かわい》いんですけど～♪」

「いよりん言うな！　黒歴史を拡散させるのはやめろ、やめてくれ、頼みます」

うん、仲良く……かは知らないけど、同級生なので和気藹々《わきあいあい》としている。その他の同級生も何人か来ていたらしく、プチ同級会みたいなグループになっていた。

しかし、会場に足を運んでくれた人たちは、平均年齢五十代の地元民が大半。顔馴染《かおなじ》みというか、人生で一度は見たことがある古い顔ぶればかり。

宣伝もチラシやHPのみだし、市内の中心部に住む人々が片道四十分以上かけて見に来る規模の祭りとは思えない。地元の子供や若い連中が、もっと興味を持ってくれれば。

鞘音の家にもう一回だけ行ってみるか？　あの調子では平行線で終わるだろうけど。

「はいタッチ！　バーリア！　ビームタッチは禁止だぞ！」

公民館の隅っこや駐車場を遊び場に、鬼ごっこをしている子供もいるにはいる。祭りを見に来たというよりは、遊ぶ口実が欲しかっただけみたいな気もするが。

鬼ごっこをしていた子供たちの一人が、こっちに駆け寄って……。

「ニート兄ちゃーん！」

陽介《ようすけ》じゃん！　ホントに来てくれたのか！

「友達から聞いたんだけど、SAYANEが歌うってほんとう？」

突拍子もない質問をされたから、一瞬戸惑った。

「兄ちゃん、SAYANEと空き地で遊んでたでしょ？　なにか知らないの？」

「んー？　そんなに仲良くないから知らないなぁ……」

「お揃いの服だったのに？」

「どっちも同じジャージしか持っていないだけだ」

キックベースをしていた場面を見られていたらしい。あいつは出身地を公開しているから、地元の子供にも認知されているのは理解できる。それより、チラシ等では鞘音の名前を明かしていないはずなのに、噂《うわさ》が広まっているのは解せない。

「今日の演奏……リーゼが出るんでしょ？　応援してるって……伝えてくれよ」

リーゼへのチラ見を繰り返し、消え入りそうな声で呟《つぶや》く。なるほど。ＳＡＹＡＮＥ目当てというのは、こいつなりの照れ隠しか。ああ、初々しすぎて背中が痒《かゆ》い。

「恥ずかしいのは分かるけど、そういうのは自分で伝えないとな。まだ手の届くうちに、声を聞いてもらえるうちに〝好き〟って伝えないと……後悔するから」

「か、勘違いすんな！　あんなやつなんか好きじゃねーってば！」

「子供のうちは分からないけど、もう少し大人になれば気付くと思うぞ」

そんな資格はないのに、偉そうな戯言《たわごと》を口走ってしまう。恋愛方面に疎いリーゼはきょとんと棒立ちし、陽介は頬《ほお》の紅潮を誤魔化《ごまか》すように逃げ去った。

「修くーん、そろそろお昼でも食べよう」

いつの間にか、時計の針は正午近くを指していた。

「わーっ！　エミリィお姉ちゃんだーっ！」

「エミ姉に近づくんじゃねえ！　飴《あめ》でも舐《な》めてろガキが！」

子供の特権を利用し、エミ姉に群がろうとしたエロガキどもを追い払う。こいつら、小学校時代の俺と思考回路が同じなのでは……。

エミ姉にお誘いされたため、一先《ひとま》ず地元のドライブインへ。さっきの空気を察し「修くん……あれって小学生の恋だよね？　娘の青春だよねぇ⁉　きゃーっ！」と、無駄に舞い上がるエミ姉を宥《なだ》めつつ、リーゼを含めた三人で名物の味噌《みそ》ラーメンを堪能。

再び公民館へ戻ってくると——

「なんだ……これ」

俺とエミ姉は何度も瞬《まばた》きを繰り返し、自分の目を疑う。

午後一時を回った現在、駐車場がほぼ満車になり、家畜市場跡地にも車が連なっていた。地元の県ナンバーに加え、周辺県や関東のナンバーまで見受けられる。静かなる温泉街の旅名川にここまで車が群がる光景は、二十年の人生で遭遇したことがない。

「ありゃあ！　なにさ、これぇ⁉」

通りかかった地元の爺《じい》さん婆《ばあ》さんも、そりゃあ驚くだろう。無駄に参列者が多い田舎の葬式でも、こんなに人は集まらない。誰の目から見ても、午前より人の増加は顕著に表れているし、若い奴《やつ》の割合も格段に増えてきた。

旅中《たびちゅう》の生徒も続々と駆け付けてきたし、標準語使いの見慣れない若者もいる。関西弁や九州弁などの使い手も少なくない。

「ほうほう、なるほどー。押し花は奥が深いねー」

混雑してきた会場を見渡していると、小学生に混ざって押し花体験コーナーにいる中年男性を発見。祭りに来るかどうか、微妙な返答をしていた教頭だ。

「杉浦先生っ！　子供に混ざって何してんだぁーっ！」

「う、うわぁ……び、びっくりしたー」

お茶目《ちゃめ》なエミ姉が背後から肩を掴《つか》むと、飛び上がるように驚いた教頭。

「教頭先生のおかげで、旅中の生徒も結構来てくれたみたいです。ほんと助かりました」

「いいや、僕はほとんど何もしてないさー。地元の文化や祭りに触れるのも授業の一環だと思うし、教育者としては推奨していきたいよねー」

俺が頭を下げると、教頭は謙遜しながら頷《うなず》く。

「でも、僕が来たのは個人的な趣味のためだよー。五年前の感動が忘れられないからさー」

「……鞘音、来る気配ないですよ」

「ははっ……大丈夫さー。この雰囲気、異様だとは思わないのかいー？」

周囲を見渡した教頭が、心なしか僅かに声を弾ませた。

普段は閑散とした公民館がライブハウスのような高揚感を放ち、用意したパイプ椅子に座りきれない人々が立ち見の壁となっている。

老若男女が五百人……いや、まだ増え続ける可能性も。

「起きるよー、嵐が。彼女はねー、人を惹《ひ》きつける唯一無二の才能がある」

普段は無気力で眠そうな教頭が、興奮を込めた拳を震わせていた。

嵐……か。起こせるのかな、こんな小さな田舎町で。

「起こすんだよ、君がー。気分屋の暴風を支配できる絶対的な存在が、君だ！」

いやいや、音楽好きの思考は理解しかねる。なぜ、俺は過大評価されているのか。東京で鞘音が売れたのは、鞘音が頑張ったから。あいつの努力だ。

鞘音と離れてから、歌声を聴くことすら遠ざけてきた。そんな俺が作った曲なんて、思い出したくもないだろ……。

「そういえば今朝早く、桐山さんが中学校に来ていたねー」

「えっ？　どうしてですか？」

「僕はよく分からないけど、キミはそのうち分かるんじゃないかなー？」

「いやいや……エスパーじゃないので分からないですよ」

いずれ東京に戻るから、母校の面影を覚えておきたい……そんなところだろうな。

「杉浦ァ――――っ！　おいおいおい、老けたなァ！」

「……う、うわぁ……またヤンキーがー」

声を張り上げながら、教頭の肩を抱いたのは母さんだった。

「依夜莉さんも杉浦先生を知ってるんですかぁ？」

「知ってるも何も、こいつはアタシの担任だったしな。もう二十五年前くらいか？」

母さんが中学の頃ということは、教頭はだいたい三十代の頃か。

「依夜莉に育てられたのに、そこにいる息子は真面目な生徒で助かったよー。正清なんて依夜莉の影響受けまくって、学校はサボるわ、他校の生徒と喧嘩《けんか》はするわでー」

「おい、どういう意味だ、おおん？　手間がかかる生徒ほど可愛いんだろぉ？」

「あっあっ、ヤンキーは、なぜ背中を叩《たた》くのかー」

ポンポンと母さんに背中を叩かれる教頭だったが、嫌がっている素振りはない。なんだかんだで、教え子との再会を満喫しているようだった。

そういえば、父さんの葬式にも参列していた覚えがある。おぼろげだけど、この二人が並んでいる様相はデジャブじゃない。

「いろいろ迷惑かけたし、弱いところも見せたけどよ……今は息子と楽しくやってっから。今日は杉浦を唸《うな》らせるサプライズに期待してろや」

「そうかー、それはそれは、楽しみだー」

教頭が自然に笑みを浮かべる。

見るからに安堵《あんど》し、心配事が取り払われた柔らかい微笑《ほほえ》みを。

こういう懐かしい出会いもある地元の祭りが、ずっと続いてほしい。そう願う。

「修くん、そろそろ着替えとかしようかぁ」

「あっ、そうですね」

本番まで一時間を切ったため、衣装等の準備を始めなければいけない。教頭と別れた俺たちは控室に戻り、女性陣は更衣室代わりの小部屋へ移動した。

緊張のためか、無性に喉が渇く。観客の前で演奏をするのが久々だから、当然と言えば当然だ。勝手に指先が震えるし、心音は破裂しそうなほど高鳴る。

息を吸うたびに揺れる喉へ空気を取り込み、肩の強張《こわば》りを宥めながら深く吐いた。

こんなんじゃ、絶対にミスをしてしまう。どうにか、落ち着かなければ。

孤独な男子は控室に残り、エミ姉が用意した衣装に着替える。黒スーツに黒ワイシャツというモノトーンコーデは、松本《まつもと》修という残念な素材をカジュアルに偽装した。

俺が着替え終わると、女性陣も控室に戻ってきた。

「じゃーん、どうかなぁ？」

女子っぽく両手を広げながら、衣装を強調するように一回転したエミ姉。

自作と思われる衣装は、ダークな色合いの生地にお洒落《しゃれ》なフリルが施され、演奏予定の曲調ともベストマッチ。神々しい天使な容姿との化学反応がたまらない。

「素晴らしすぎて最高すぎます」

「わーっ、ありがとぉ♪　年齢的にきついかなーって心配だったんだぁ」

とんでもない。子持ちの人妻なんて思えない若々しさと美貌ですよ。

「……あ、アタシはさすがにきつくねーか？」

まさかの母さんまで衣装を着るとは。滅多《めった》にスカートを穿《は》かないからか、着心地が悪そうに裾を押さえていた。

「……うん、きついよね」

「少しは気ぃ遣えや、タコ。やっぱりズボン穿いてくっかな」

ドスを効かせた口調で怒られたんですが。

正直、全然きつくはないというか、下手したら大学生に間違われても不思議じゃない透明度。素肌は美麗で身長も高いし、地元の中坊どもが見惚《みと》れるのも分からなくはない。

リーゼは私服がゴスロリなので、いつも通りだなーという感想。明確に大きい瞳と相まり、西洋人形を彷彿《ほうふつ》とさせた。片田舎で腐らすには勿体《もったい》ない黄金の原石と言えるだろう。

「本番三十分前だから、ステージに楽器の搬入を始めてけれ。他のステージ発表は終了して暗幕は降りてるから、じゃんじゃんセッティングしちゃっていいど」

トミさんの指示を受け、俺たちは控室に置いていた楽器の移動を開始。トミさんや実行委員にも手伝ってもらい、ステージがあるイベントホールへの搬入を進めた。


本番五分前、あいつの姿はない。

ステージ上へのセッティングが完了。暗幕で見えない観客席側からは、物々しいザワつきが絶えず聞こえる。数十人の老人が腰掛けていた例年とは、漂ってくる雰囲気が違う。

俺たちは舞台袖で待機。トミさんが観客へ向けて「本日のメインイベント」と煽る声も、次第に遠ざかっていく感覚に陥った。

緊張、不安、失敗後の酷評、精神的主柱になる者の欠如。

逃げ出したほうが、最初からやらないほうが、誰も傷つかなかったのか。

今さら本気を出しても、足掻《あが》いてみても、遅すぎたのか。

俺は一生、あいつに許されないのだろうか。

…………

……‼

なんだ、この割れんばかりの歓声は。
地鳴りの如《ごと》き反響は。
旅名川という場所はな、運動会以外で声援の衝撃波など発生しないんだよ。
居ても立ってもいられない。
俺は公民館の出入り口へと——一心不乱に走らざるを得ない。
やはり、お前か。
ライブ衣装を身に纏《まと》った女が、愛用の三輪自転車で乗り付けている。
なんだよ、こいつ。
大型自動二輪で来た、みたいな謎のオーラを出すんじゃねぇよ。
潤った髪を優雅に払いながら、自転車用のダサいヘルメットを脱いでいる場合か。
いちいちチェーンロックをかけているけど、誰も盗まないって。
ふざけるな。制御できない。
興奮物質の過剰分泌が、俺のテンションを異常に狂わせる。
こんなにシュールな登場にも拘《かか》わらず、強制的な武者震いが止まらないんだ。

めちゃくちゃ、カッコいいじゃないか。

「ひと暴れ、しにきたわ」

寡黙に澄ました鉄仮面の表情を繕い、そう言い放つ。
しかし、熱情を隠し秘めた仮面の奥底。
確かな自信と培った経験が宿った純粋な瞳で、俺を見据える女の名は——桐山鞘音。
俺と鞘音なら、どんなことでもできる。
どこまででも、いける。

「やってやろう。俺と、お前で」

もはや不可能など、ない。
どんな不安も、苦しみも、鞘音の背中が掻《か》き消《け》してくれる。
今日だけは、五年前に戻ってもいいよな。
大爆発を起こしそうな歓声と期待は、旅名川に上陸した暴風の前触れ。
鞘音の手を取り、クライマックスの開幕を迎えるステージへと駆け上った。

田舎の公民館は顕著にキャパオーバー。膨大な観客を掻き分けて登壇した俺と鞘音は、舞台袖で待機していたメンバーと合流する。

エミ姉の発案で五人は手を繫ぎ、簡易な円陣を構成すると、

「不安そうなバカ面で、わたしを待っていたやつがいたようね」

さっそく、辛辣な嫌味《いやみ》を投げつけてきた鞘音。

「もしかして……俺以外は知っていたんですか？　鞘音が来るって……」

各々が頷いたり、微笑《ほほえ》んだり。

知っていたな……この人たち、内緒にしてたんだ！

鞘音が事前に衣装を着ていたのも、エミ姉あたりが秘密裏に届けていたからだな！

「今日の朝にはメールをもらってたんだけど、修くんには内緒にしてほしいって」

ひでぇ。俺だけが無駄にハラハラしたり、気を揉《も》んでいたとか。

「……主役は遅れてきたほうが、最高にカッコいいでしょう？」

「ほんと勘弁してくれ……」

悪びれもせず言い放つ鞘音に、ぐうの音もでない。ちくしょう。

「要するにぃ、修くんだけに自分をカッコよく見せたいっていう、拗《こじ》らせた乙女心――」

「あ――――っ!!　エミリィさん!!」

ニッコニコで補足しようとしたエミ姉を、鞘音が猛獣のように威嚇した。

絶叫に掻き消されて、ほとんど聞こえなかったぞ……。

「……ごほん、浮かれる時間はここまでよ」

あれ、遅れてきた奴《やつ》が咳払《せきばら》いしながら仕切り始めたぞ。

「地元のためとか、わたしにとってはどうでもいいの。歌いたいから歌う。それだけ」

五人の視線が交錯し、全員が頷《うなず》いた。

開演を待つ観客の不気味な静寂に包まれる中、俺は呼吸を整えながら、

「燃え尽きるまで暴れるぞ！」

一気に喉を震わせる。繋いだ手を「せーの」と振り上げて、全員の『しゃあぁ‼』という掛け声と同時に、振り下ろしながら離す。

暗幕の内側を覗いたトミさんと、準備完了のアイコンタクト。この人がいなかったら、俺と鞘音が並び立つことはなかった。この数分間が、俺流の恩返しになってほしい。


そして、分厚い暗幕が――ゆっくりと上がる。


不規則に散開した無数の流れ星《ムービング》が、曇り模様《スモーク》を一直線に突き抜ける人工の夜空。

上下左右から掃射されたのは、網膜が焼き爛《ただ》れそうな眩《まばゆ》いPARライト。スモークマシンの薄い煙が光の道筋を過剰に演出し、壮大なライブ感を際立たせる。

公民館のホールなんかじゃない。

ここはもう、桐山鞘音が降臨したライブステージ。

ホールの窓は黒い布で覆われ、照らし出されているのは五人の地元メンバーだけ。両サイドに散ったギタリストとベーシスト。後方から見守るドラマーとキーボーディスト。スタンドからマイクを捥《も》ぎ取り、中央に陣取ったボーカリスト。逆光のため観客の姿は暗闇とほぼ同化し、ステージからはシルエットしか見えない。しかし、膨大な熱量と期待値は全身の神経を興奮の虜《とりこ》にした。

膨れ上がった人間の火薬に着火できるのは、俺たちだけだ。

起こそう、嵐を。熱気の暴風を。

エミ姉がスティックを振り上げ、ハイハットで4カウントを打つ。

フロアタム、スネア、バスドラの導入が道筋を作り、時折ロータムを左手で交えた。フィルインを合図に、一音半下げのギターとベースが共鳴。

リズム隊が構築する下地を、リーゼの小生意気でヘヴィなリフが突き抜け、低音の軋《きし》みがバッキングを重厚に装飾していく。

立て。パイプ椅子に座っている奴ら、全員立ち上がれ。

加速していく旋律に比例する歓声と、突き返されるような熱気の反響。鼓膜を揺さぶる音をもっと、もっと、鍵盤を掌握する指で、聴く者を前傾姿勢に導け。

前奏で満足するな。鞘音の歌声が放たれた瞬間、膨張した空気に生じた亀裂。

破裂を促すのは観客の突き上げた拳と雄叫《おたけ》び。魂が煽られる。声援の激流に屈しないために、俺たちも躍動をやめない。

頭を振り乱しながら、視界を激しく振動させる。

鞘音のテンションが最高潮に達し、ホールに巻き起こる暴風。目つぶし《ミニブル》で照らし出される大歓声の集合体。

老人も曲がった腰を酷使しながら、寿命を擦り減らすかの如く叫ぶ。教頭って、あんなに頭を振る人だったんだ。

ソロに突入するや否や、リーゼの細指が繰り出す精密なタッピング。エミ姉の高速タム回しはヘッドの破壊も辞さず、ドラムの悲鳴が聞こえそうなほど。

魅せる。音楽に愛された母娘《おやこ》がパフォーマンスを魅せつける。

煽《あお》り。鞘音の灼熱《しやくねつ》な絶叫は、数千の観衆を絶頂へと誘《いざな》う速効性の愛撫《あいぶ》。

お前らのすべてをぶつけろ。

俺の、俺たちの、集大成をぶつけてやるから。

二曲目は恋人の別れと春の桜をイメージしたバラード。弦楽器をレギュラーに持ち替えた前奏は、どこか和風な物悲しさ。リーゼが放つフィードバックの歪《ゆが》みに刺激され、身体《からだ》の感覚が、すべての雑念が、痺れたように痙攣《けいれん》する。

音の世界に、意識が没頭する。

二枚組のシンセサイザーを最大限に活《い》かし、アコースティックピアノとストリングスの音色《おんしよく》を巧みに使い分け、観客の網膜と鼓膜を釘付《くぎづ》けにした。

あれだけ暴れていた人間の群れが、直立不動で聴き入っている。

時折、エミ姉や母さん、リーゼと目が合う。俺はどんな表情をしているのだろう。彼女たちみたいに、心から楽しそうに微笑んでいるのかな。

鍵盤に滴り落ちた無数の汗粒が、照明の光を幻想的に反射した。足りない。失われた五年間を取り戻すには、まだまだ足りない。

あいつと同じ速度では歩けなかったけど、あいつが同じ速度で歩いてくれる——今だけの儚《はかな》い奇跡。この景色を、俺は一生忘れない。

記憶から消し去った鞘音の歌声を、俺はもう、絶対に忘れない。


余韻に浸りながら、唖然《あぜん》と見渡す。八分なんて瞬く間に経過してしまった。

本当に二曲も弾いたのだろうか。まるで実感がないけれど、割れんばかりの拍手とアンコールが沸き起こったということは、最後まで弾き切ったということだろう。

立ち尽くしていた鞘音だったが、舞台袖から予備のギターを引っ張り出してくる。

手にしたギターを構えると、スタンドマイクを口元へ手繰り寄せた。

『——はじめまして。メジャーデビューを夢見る無職の鞘……サヤネロです』

思わず、吹き出してしまう。サヤネロって……もう少しマシな偽名を使おうぜ。

身バレ防止のために考えた設定だと思うけど、観客にはとっくの昔に見破られている。大半の若者が「SAYANE‒!!」とか叫んでいるし。

『――わたしは、この旅名川で生まれ育ちました。小学生の頃、幼馴染《おさななじ》みの真似《まね》をして音楽教室に通い始めたり、中学生になったときには一緒に曲を作ったり……していました』

過去形……当たり前か。

『――今日は、今日だけは昔に戻ったような……純粋に楽しみながら、歌うことができたと思います。まだ〝独り〟で歌うのは苦しいけど……いつか、皆さんの前に戻れるように強くなりたい……わたしは……』

俺の位置からは、ステージの最前に立つ鞘音の表情は読めない。

『――最後の曲です。〝be with you〟』

でも、彼女の声が震えているのは、消えそうに擦《かす》れているのは、誰のせい……なのか。

踵《きびす》を返した鞘音は、薄らと微笑んでいた。

アンコールの曲名を表した唇の動き。鞘音は再び俺たちに背を向けるも――振り返った瞬間に頰《ほお》を伝う一筋の雫《しずく》が、俺の瞳に焼き付いて、胸に鈍痛を刻み込む。

先日、鞘音が旅中で口遊《くちずさ》んでいたオリジナルの詩。

二人で作った、二人が共にいた、たった一つだけの足跡。

——ここから、すべてが始まった。

メイン照明が全消灯し、桐山鞘音《ボーカル》と松本修《キーボード》をピンスポの光線が狙い撃つ。

モノクロの鍵盤に指を添え、ピアノの音色を奏でる。

左指でコードを弾き、右指で上モノを付加。恋人の肌に触れるくらい慎重に、優しく抱擁するように、最初のハードな楽曲とは対極のメロディライン。

前奏のピアノソロに合わせて、鞘音が緩やかに歌声を乗せた。

歌詞に自分を重ねながら、あるいは幼馴染みの男を重ねながら、鞘音は激情の想《おも》いを歌に変える。サビではステージ照明が点灯。すべての楽器が一斉に物語を描き出す。

鞘音も加えたツインギターは美しく交差し、スローテンポのドラムとベースが、脆弱《ぜいじゃく》な少女の背中をそっと支えた。

あいつは、泣いている。

たぶん、瞳に涙を溜《た》めながら、精一杯の声を絞り出している。

俺は鞘音の声を届けるだけ。

アウトロのピアノを弾き終えるまで、あいつの歌を受け止めるだけだ。

*****

「かんぱーい！」

ライブの後、会場の撤収作業を終えたトミさんが合流。俺の家に集った六人が飲み物を片手に、祭りの打ち上げを始めた。大量の酒や清涼飲料水の他に、地元の住民にもらった差し入れや特産品などもテーブルに並べられている。

エミ姉の手料理、うめぇ。これさえあれば何もいらない。特産品には目もくれず、俺はエミ姉が手作りした羽根つき餃子《ぎょうざ》や蓮根《れんこん》のはさみ揚げなどを堪能していた。

「いや〜、お疲れさん。もう盛り上がりまくってなぁ、祭りは大成功だったどぉ」

お疲れながらもご機嫌なトミさんが、枡《ます》に注《つ》がれた地酒を口に含む。

明日から仕事なんだから程々にしてねぇ、とエミ姉に釘《くぎ》を刺されているのが、夫婦らしくて微笑ましい。そうか、世間は明日から仕事か。俺には無関係だった。

「結局、祭りには何人が来たのぉ？」

エミ姉の質問に、頬を釣り上げたトミさん。

「なんと、五千九百人ぐれぇ！　例年は三百人で大御礼だから、恐ろしいことなんだど！」

「……わたしの知名度も大したことないのね」

「いやいや……旅名川の人口を遥《はる》かに超えているんだけども。ここら辺なら一つの町くらい作れるレベルだべや」

鞘音はいつもと変わらない質素な様子に戻っていた。ライブの言葉や涙が、未《いま》だに記憶に焼き付いて離れない。

ひょっとして、あれは夢だったんじゃないかと思ってしまう。

「あのＳＡＹＡＮＥが旅名川祭りから再スタート！　みたいな謎の付加価値が付いてな！　ネットの検索ワードも『旅名川』が急上昇してたどーっ！」

トミさんが浮かれる気持ちも理解できる。人気絶頂の中で活動休止し、地元に帰ってゲリラライブするという原点回帰のような流れは、大きな付加価値になり得る。

教頭みたいな古参ファンが多いんだろうか。旅名川周辺で活動していたインディーズ時代のほうが好きだった、という物好きが。

「旅名川にごちゃごちゃと人が集まったのを、生まれて初めて見たっつーの。東京方面の奴も多かったみてーだし、どんな魔法を使ったんだか」

「依夜莉姉さんの言う通りっすよね！　チラシとかＷＥＢサイトで宣伝はしたけど、ＳＡＹＡＮＥって名前は出してないっすもん！」

「鞘音ちゃんが歌うってことバレバレだったよねぇ」

「小娘、友との盟約に誓ッテ白状するべきだゾ」

折り畳んだ膝上にリーゼを乗せながら、黙々とシソ巻きを食べていた鞘音。

その本人を、俺たちは一斉に凝視する。

「……別に大したことはしていないわ。ＳＮＳに写真をアップしただけ」

粗雑にそう言いながら、鞘音はスマホ画面を掲げた。ＳＡＹＡＮＥの公式アカウントには【旅名川祭り　突撃してきます】という短い投稿文と画像が添付されている。

……旅中ジャージを着た鞘音が、愛機の三輪自転車に跨《また》がっている写真。

この無自覚な天然さも、大勢のファンに愛されている理由の一つに違いない。

「そのスマホ……まだ変えてないんだな」

「……壊れないうちは、機種を変える必要がないだけよ」

見覚えのある古いモデルの機種に、思わず反応してしまって。バツが悪そうにした持ち主は、瞬時に引っ込めてしまう。

俺の突発的な呟《つぶや》きからは〝喜び〟が滲《にじ》み出た。素直な気持ちを表情へ変換することができたなら……かつては、どう変換していたんだっけ。もう……忘れてしまった。

高揚の空騒ぎに紛れ込む一抹の寂しさ。

いつの間にか、スマホを使い熟《こな》している鞘音に対して、だ。自由に写真を撮ったり、SNSを一人で運営したり——俺はそんな姿を知らないから。

「ぎゃっはっはーっ！　鞘音のギャグセンス半端ねぇべ！　さすが元チャリンコ暴走族！」

「うるさい。黙れ。口を閉じろ」

「はい、ごめんなさい」

八歳も年下の鞘音に睨《にら》まれ、すぐに平謝りという究極にダサい元ヤンがいる。

「リーゼぇ！　鞘音ったら、すーぐ怒ってよぉ」

「リーゼ、疲労困憊《ひろうこんぱい》なノダ。平民は黙ってテ、ジュースを献上シロ」

「はい、お疲れさんでした」

リーゼのコップにコーラを注ぐ召使いトミさん、ほんとダセぇな。

「つまり、この投稿を見た数十万人のフォロワーが、旅名川祭りを急きょ検索したってわけだっちゃ。投稿日は今朝だから、やっぱり六千人近くが実際に集まったのは脅威だべ」

「東京から高速を使っても五時間以上かかるし、新幹線とローカル線とタクシーを乗り継いでも三時間半ってところだから……凄《すご》いと思う」

俺はそう分析する。実質、SAYANEのフリーライブと同等のイベントだし、前もって投稿していたら、一万人クラスになっていたりして。

「……昨日の段階では祭りに行くつもりなんてなかった。寝て起きたら気が変わったから投稿しただけよ」

鞘音は低いトーンでそう呟いた。

「鞘音ちゃんには感謝しまくりだよぉ。ライブの後ね、ウチの音楽教室に問い合わせがどんどん来てさぁ、今度、体験レッスンを開くことになったんだぁ♪」

「わ、わたしは歌っただけですし。でも、エミリィさんが喜んでくれるのは嬉《うれ》しいです」

エミ姉に満面の笑みで感謝された鞘音は、はにかんだ視線を逸《そ》らす。

ライブの直後、エミ姉が音楽教室を宣伝したのだが、小学生や親が集まってきて大盛況だった。「どんな楽器を練習できるんですか？」「お姉ちゃんたちみたいに上手《うま》くなれますか？」「ウチの子に教えてほしい」など、興味の眼差《まなざ》しを向けてくれたらしい。

旅中の生徒も数人ほど混ざり、詳細を窺《うかが》いにきたのは予想外だったけど。

「旅中の子が音楽に興味を持ってくれたのも嬉しかったなぁ。閉校前に何かイベントがしたいと思っていたらしいから」

「閉校の年に旅中の伝統が復活しそうで良かったですね。俺たちが卒業した後は誰もやってなかったみたいですし」

「マジ、それな。アタシは仕方なーくお前らに協力してやったが、そういうきっかけになれたのは悪くないと思ったぜ。首とか肩が凝るから、もうゴメンだけどよ」

「そんなこと言って、母さんは演奏中ノリノリだったでしょ……いてっ！」

息子に痛いところを突かれたからか、指鉄砲で輪ゴムを発射してくる母さん。ガキかな。

「リーゼも何人かお友達できてたでしょう？　良かったねぇ♪」

「友はいらナイ。弱くなってしまうからナ」

「ウソばっかりぃ。通信アプリで連絡先を交換してたの知ってるよぉ？」

自分のことのように喜んでいるエミ姉。

そういえば、リーゼはモテモテに近い反響だったな。小学三年生が凄《すさ》まじいテクニックとパフォーマンスを披露したのだから、クラスの人気者になるのも頷《うなず》ける。

鞘音目当てに訪れた観客がリーゼにも見惚《みと》れ、ライブの動画を拡散させているという話題もネットで見かけた。噂《うわさ》をすれば、リーゼのスマホが「ピコン」と鳴る。

「……メッセージ届いタ。戦場の友からダ。どうすればイインダ」

「俺が言うのもアレだけど、友達からのメッセージは返したほうがいいぞ」

「ふむむ……戦士には休息も必要なのかもシレン」

戸惑い気味ながらも、リーゼは慣れない手つきで返信のメッセージを打つ。

交友関係の狭いニートが、生意気にアドバイスするのは滑稽だけどさ。

「戦場の友が弟子入りしたいッテ」

「わぁーっ♪　リーゼ師匠の誕生だぁーっ♪」

エミ姉が飛び跳ねながら大喜び！　大人なのに無邪気でいちいち可愛《かわい》いなぁ！

「で、で、で！　弟子の名前はぁ？　男の子？　男の子でしょ？」

「ヨウスケ」

エミ姉が「きゃ――――っ‼♪」と、年甲斐《としがい》もなく悶《もだ》える。リーゼは無表情でまったく意識してないようだが……一先《ひとま》ずは男を見せたな、陽介。

「……我が子のリーゼちゃんに友達ができるのは、ちょっと寂しい」

鞘音、お前は何ポジションなんだよ。

「彼氏なんて認めねえど！　ううう……リーゼはずっとパパの家で暮らすんだぁ……」

無様に泣き始めたトミさんを全員がスルー。

「それにしても、ライブの盛り上がりは半端じゃなかったよな！　観客席に降りて行った鞘音が揉《も》みくちゃにされたりよぉ、マジで怖かったどぉ！」

トミさんはすぐに立ち直り、観客の盛り上がりを思い出してビビっていた。

一曲目の2《ツー》コーラス目では熱量が極限に達し、鞘音が観客席に走って降りていったから、六千人近くが一斉に群がったのだ。

ライブ直後には、リーゼが観客の海原へダイブ。転がるように波乗りしていたのが青春パンクみたいだったとはいえ、俺も真似《まね》して飛び込んでしまうとは。白熱した鞘音に触発されたのか、余韻に身を任せたのか……柄にもなく羽目を外してしまった。

「修のやつ、観客に避《よ》けられて床に落下してたべ!? あれは笑ったぁ！」

「笑うなよ……！　マジで恥ずかしかったんだから……！」

あいつら……リーゼは受け止めて転がしたくせに、俺が飛び込んだら俊敏に避けやがって!!　膝を強打してめちゃくちゃ痛かったんだが!!　俺が美少女じゃないからか!!

「ふふっ……」

鞘音が口元を押さえながら肩を震わせている。思い出し笑いしないでくれぇぇぇ……。

しかし、俺にとっては後味の爽やかな出来事もあった。陽介が「ニート兄ちゃんもカッコよかった！」と、称賛してくれたのだ。

褒められ慣れていない人生なので、思い出すと無気味に笑んでしまう。

中古のルウィッチくらいなら買ってあげようかな……？

「アタシも、あと二十歳若けりゃ飛び込んだのになぁ。さすがにオバサンが降ってきたらキツイだろーし、息子みたいになったら悲しいから自重したわ」

「いやいや、依夜莉姉さんのダイブはご褒美っす！　俺なんて小学校の頃から、依夜莉姉さんの豊満なお身体《からだ》をお触りしたいっすもん！　おっぱいとか全然垂れてないっすよね！」

やべぇよー、後輩の母親に言うことじゃないよー。

トミさん、絶対に酔っ払ってる……。

「エミリィ、そのバカを押さえてろ。お望み通りダイブしてやる」

「はーい♪　ウチの旦那が失礼してすみませーん」

「や、やめてけろっ！　あっ、あっ……あああああああああっ！」

作り笑顔が怖いエミ姉から羽交い絞めにされたトミさんは、酔った母さんにラリアットをお見舞いされる。あぁ、この姉御と舎弟の距離感が懐かしすぎて……。

というか、母さんも「息子みたいに」って。ひどい。トラウマになるよ、ほんとに。

「キモチワルイ平民に裁きを与エル。七つの誓約にヨリ、罪を償って懺悔《ざんげ》するベシ」

「リーぜぇ……重でぇえええええ……許してけろぉ……」

うつ伏せに倒れ込んだトミさんの腰上に、どっかりと座るリーゼ。

それをエミ姉が呆《あき》れた様子《ようす》で見守る光景は、まさに理想の家族。トミさんも口先では痛がりながら、言動の節々は幸せそうに蕩《とろ》けていた。

ほろ酔いした勢いで嘆かせてくれ。羨ましい。数ヵ月前まで大学生だったから結婚とか子供とか、いまいち現実味がなかったけど……素直に憧れる。

宅飲みらしいカオスな雰囲気の傍《かたわ》ら、俺は緊張を解《ほぐ》すために飲料水で口内を潤した。

「鞘音……その、あの……」

単純な感謝の言葉が喉に痞《つか》える。

「……なに？　言いたいことがあるならハッキリ言って。苛々《いらいら》するから」

「今日は……ありがとう。お前のおかげで、皆が笑顔になったっていうか……」

「……だから、大したことはしてない。実行委員を含めて、いろんな人が頑張ったからよ」

たいして話題も膨らまず、すぐに会話が途切れた。

やや俯《うつむ》きながら、向こうも言《い》い辛《づら》そうに様子を窺っている。

ああ、お互いに視線が定まらない。俺はどこを見ていればいいんだ……。

挙動不審にならないよう、平常心を努めていると、

「……あなたも、お疲れ様」

まさかの労《ねぎら》い。テーブルにあった笹《ささ》かまぼこを、皿に装《よそ》ってくれたではないか。

「……鞘音も、お疲れ」

だから俺も、お返しせねば。鞘音のマグカップに烏龍茶《うーろんちゃ》をお酌してあげた。

「……今日のライブ、修は楽しかった？」

「……ああ、楽しすぎてヤバかった。この時間が、ずっと続けばいいのにって思ったよ」

「……わたしも」

その後は二人とも押し黙り、そっぽを向いての飲食モードを決め込む。しかし変化があるとすれば、釣りのときに開いていた微妙な距離がない。

すぐに触れられる距離には鞘音がいて、鞘音の側《そば》には俺がいる。

居心地は悪くない。

俺はそう感じているけど、お前は——

夜十時を回り、賑《にぎ》やかな打ち上げもそろそろお開きの雰囲気。

突如、トミさんが立ち上がり、

「実行委員を代表して、礼を言わせてけろ。ライブの口コミや動画が拡散しているみでぇでな、旅名川にとって最高のPRになったと思う。ほんと、ありがどな」

全員に向けて深々とお辞儀した。

「次のイベントはいつになるか分かんねぇけど、廃校前の旅中で面白いことでも企画してぇなぁって……だから、そのときは付き合ってけれ！」

俺たちは迷わず頷《うなず》く。この町に生まれた者の大半が通学した母校。恩返しなんて大層なものでもないけれど、最後くらいは盛大に見送ることができたら……いいな。

「それじゃあ、今日は解散！　お疲れさんでしたぁ！」

平屋に響き渡るトミさんの締め。終わる。終わってしまうんだ。

忙《せわ》しなくて、騒がしくて、常に胸が高鳴っていて、最高に身体が熱くなった一日が。

楽しい時間は、あっという間に過ぎ去る。寂しい。虚《むな》しいよ。

ぽっかりと、心に穴が開いてしまったように。

いや〝寂しい〟なんて感じるのはおかしい。数日前までは、独りだったじゃないか。

部屋にこもってゲームしたり、ネットしたり……そんな日常に満足していたはず。

知らなければ、よかった。

ずっと独りだったら、こんな虚無感を抱かなかったのかな。

最高かよ、地元。常に温かい人たちがいて、一緒にいれば楽しいと知ってしまったんだ。

廃校は三月、祭りは来年もある。

俺に残された時間は——あと、どのくらいなのかは分からないけれど。

「う、うう……あああ……！　仕事行くの……嫌だぁあああ……具合《ぐえ》悪いぃ……」

「あーん、もう。だから飲み過ぎないでって言ったのにぃ」

べろべろに酔っ払ったトミさんの肩を抱え、なんとか車の後部座席に押し込んだエミ姉を玄関前から見送る。

母さんも酔い潰れたらしく、一足先に炬燵《こたつ》で寝てしまっていた。普段は酒を飲まないのに、焼酎をハイペースで飲むから……。

「修くん、ちょっと」

運転席のエミ姉が車の窓を全開。意味深に手招きし、俺だけを呼び寄せた。

「鞘音ちゃんの公式アカウントを見たことはある？」

なぜか声量を落とす。多少離れた位置にいる鞘音に聞こえないよう、だろうか。

「いえ……暫《しばら》くは鞘音から遠ざかっていたので。さっき、あいつが提示した画面で初めて見ました」

遠ざかっていた……正しくは遠ざけていた。

「これはワタシのおせっかいなんだけど、もしよかったら後で見てあげてね。鞘音ちゃんの性格だと、自分からは言い出さないと思うから」

「……よく分かりませんが、気が向いたらチェックしておきます」

あの三輪自転車に跨《また》がった写真以外にも、何か投稿していたのかな。

エミ姉や助手席のリーゼと手を振り合い、車の影が見えなくなると、

「…………………」

「…………………」

幼馴染《おさななじ》みは二人きりに。

ど田舎らしく街灯の本数は心許《こころもと》ないものの、帰り道に付き添う親密度でもないし、鞘音の実家は徒歩五分という近距離。なにより、こいつが嫌がりそうだ。

「……帰るわ」

「……ああ」

ぎこちない一言。

鞘音が歩を進めるたびに、玄関から届いていた明かりが薄くなっていく。

「鞘音！」

思わず、呼び止めてしまった。

「…………………」

半分ほど闇夜に紛れた鞘音は、背を向けたまま、声を押し殺して立ち竦《すく》む。

「今日……お前が来てくれた理由ってさ、本当に気が向いたからなのか？」

俺の問いかけに、数秒の沈黙。

「……わたしは行かないつもりだったわ。あなたは、絶対に逃げると思ったから」

ぽつりぽつりと、鞘音は感情を吐き出すように綴《つづ》る。

「……でも、あなたは来た。だからわたしは、あなたの側で歌うことを決めたの」

そう言い残し、鞘音は再び帰路に就こうとするも、俺にはもう一つ知りたいことがあった。胸の奥底に沈殿し、根を張るような痛みを生じさせる新しい記憶。

「最後に泣いていたのは……？」

ライブの最後に流していた涙の理由を、知りたい。

「五年前、あなたが……来なかったから」

──遅すぎた。すべてが、遅すぎたんだ。

今さら必死に追いかけても、一日だけの奇跡しか与えられない。もう五年前には、絶対に戻れないのだから。

一週間前に近所の元ヤンがニートを連れ出してから、今日までの騒々しい日々は、夢も希望もない底辺を有頂天に持ち上げて落とすだけの罰ゲーム。

「……わたしはもう、一人に戻るね。幼馴染みの桐山鞘音はそろそろお終《しま》い」

意地悪な神様が、役立たずの命を摘み取る直前に施してくれた幻想なんだ、と。

いらない。こんなまやかしの幸せなんて。努力をせずに、傷つくのを恐れて、大切な人を自ら手放してしまった男が笑って死ねると思っていたのか。

一瞬でも、期待してしまったのか。

「……サヨナラ、修」

奇跡は終わる。二人はもうすぐ、また他人になる。

足早に立ち去っていく華奢《きゃしゃ》な後ろ姿を、ただ黙って見送ることしかできなかった。

「…………っ！」

歯痒《はがゆ》い感情に流されるまま、ポケットからスマホを取り出す。ＳＮＳを検索し、ＳＡＹＡＮＥの公式アカウントを開いた。

鞘音が提示した画像の一つ上……今朝の時刻に投稿されていた動画。お気に入り登録や拡散の数字が凄《すさ》まじく、コメント欄の好意的な反響も数えきれない。

再生した内容は地元の様々な姿だった。のどかな田園風景や温泉街、廃校が迫った旅名川中学校など、地元民なら誰もが知っている情景と人々の組み合わせ。

それは一分程度の宣伝用ＰＶ。

〝be with you〟の正規音源が、地元民の物語《ストーリー》を最大限に惹《ひ》きたてる。

先日のキックベース後にトミさんが撮影した集合写真は、鞘音がふて腐れたようにそっぽを向いていた。改めて見ると苦笑してしまう。

忙しい方々に協力していただき、松本修というヒマ人が拘《こだわ》りに拘って作り上げた最高傑作は、祭りの前日にやっと完成したため、ほとんど無意味――

今この瞬間までは、そう思っていた。

受け渡したPVを鞘音がアップしてくれていたのだ。

動画のラストは、俺が過去に撮影していた中学生の鞘音。春の河川敷に並び立っていた頃の……一度は投棄したはずの記憶。

飾りのない笑顔を垣間《かいま》見せた鞘音が、桜並木を背景にギターを弾いている姿で終わるはずだったのに。

予見できない〝続き〟があった。

どうして、俺の知らない桐山鞘音が映っているのか。

制作者ですら未知の時間。

だって、ラストは付け加えられていたのだから。

旅名川中学校の体育館側にある階段下……段差にスマホをセットしたからか、カメラの視点はやや低いものの、そんなことはどうでもいい。

動画の残り時間は七秒。

二人にとって馴染《なじ》み深《ぶか》い風景を背負った〝十九歳の鞘音〟が。

レンズの向こう側へ。穏やかに語りかける。

わたしは待っています。
大好きなところで 大切な人のとなりで 歌わせてください。

気が付くと、俺は一人で泣き崩れていた。画面が霞《かす》むほどの涙が自然に溢れ、腕で拭っても、拭っても、塞《せ》き止《と》めることができない。

「うっ……うぅ……はっ……あぁ……どうして……おれは……」

感謝と後悔と謝罪。

それらが混ざり合った濁流は、大粒の嗚咽《おえつ》となって頬《ほお》を零《こぼ》れ落《お》ちる。

重力に引かれて両膝を折り、画面に映った鞘音を抱き締めるように。

人目が無い実家の前。

眼球の水分が涸《か》れ果てても、みすぼらしく延々と蹲《うずくま》っていた。

十月十五日——明後日《あさって》は、あいつの誕生日。

五年前、あいつの前から逃げ出した日。

# 第四章　独りだと何もできない

俺たちは、生まれたときから一緒だった。

同年に同じ病院で生まれ、旅名川《たびながわ》で育ってきた。お互いの実家は徒歩五分、母親同士が同級生という御縁もあり、物心ついた頃にはもう、鞘音《さやね》が隣にいた気がする。

父さんはいつも笑顔で、俺のワガママをいつも叶《かな》えてくれた。欲しい物をなんでも買ってくれて、色んな場所に連れて行ってくれる。

厳しかった母さんは「修《しゅう》を甘やかすんじゃねぇ」と、常に怒っていたけれど。

幼稚園に入園してから、父さんが病気で亡くなった。

薄れてしまった記憶だけど〝死ぬ〟という概念を理解していなかった俺の代わりに、母さんが悲痛に泣いていたのは覚えている。

俺はあまり泣かなかった。母さんがいたから、寂しくなかったのかもしれない。

そして——

「わたしがずっといっしょにいるーっ！」

鞘音も側《そば》にいてくれる。欠けたピースを補ってくれる大切な存在。

「母さん！　俺、お隣の音楽教室に通いたい！」

「はぁ？　スターリングさんちのか？」

小学校に進学するのと同時期、母さんに頼み込んで音楽教室に通い始めた。

理由は単純にして明快。お隣から笑顔を振《ふ》り撒《ま》く中学生のエミ姉と、お近づきになりたかったからだ。憧れのお姉さんに褒められたいから、ピアノを頑張ろう……みたいな。

そんな邪《よこしま》な思惑を察したのか、鞘音も数日後にレッスンの見学を希望してくる。

「修と一緒にいるのはわたしだもん」

「あらあら、鞘音ったらヤキモチ焼いて〜」

「ヤキモチじゃなくて見張りーっ！」

見学後、すぐに母親を引っ張ってきて、入会の申し込み書にサインさせていた。

ちょうど、この頃だろうか。喧嘩《けんか》をやらかしたトミさんが中学を停学になり、俺たち相手に暇潰しとして遊び始めるようになったのは。

服をだらしなく着崩した金髪のトミさんは、無人の旅名川駅で昼寝していたのだが、

「へいへい、そこの小学生カップルぅ。俺と山手線ゲームでもするべぇ？」

小学校帰りの俺たちに、三下丸出しの声をかけてくる。

ほぼ初対面だった俺と鞘音は「不良に絡まれた」と臆し、ダッシュで自宅に避難。

最終兵器の母さんを召喚した。

「豊臣《とよとみ》さんちの正清《まさきよ》じゃねーか！　てめぇ、ウチの息子たちを怖がらせてんじゃねぇ！」

「い、依夜莉《いより》姉さんのお子さんだったんすか!?　さーせんしたぁ!!」

無人駅の前で母さんに土下座するトミさん、究極にダサかったなぁ……。

それからというもの、暇人のトミさんはウチに度々顔を出すようになる。釣りに行ったり、チャリで地元を疾走したり……俺と鞘音にとって、面白い地元の兄ちゃんになった。

「うぇええええん……トミお兄ちゃぁん……」

小学校近くの児童館で遊んでいた鞘音が、トミさんに泣きついたことも。遊んでいたブランコを上級生に横取りされたからだ。

「トミさん！　俺に喧嘩を教えてくれ！　鞘音を泣かせた高学年の奴《やつ》らを倒す！」

「まぁ、待で待で。殴り合いの喧嘩なんざ、小坊には早ぇど。俺が小坊のときに流行《はや》った遊びなんだが、スポーツマンシップに乗っ取ったリベンジを教えてやっから」

頭に血がのぼる俺を宥《なだ》めたトミさんは〝しけい〟という遊びを教えてくれた。

手のひらサイズのボールを屋根に投げ、名前を指名された人がノーバウンドで捕球。また屋根に放り、転がり落ちてくる前に別の人を指名して……を繰り返すらしい。

「一回負けた奴は〝いちけい〟。四回で〝しけい〟になった奴は、罵倒されながらボールを投げ当てられる公開処刑の罰ってわけだ。平和的なやり返しにはもってこいだべ？」

トミさんに小技を伝授された俺と鞘音は、上級生に勝負を挑み、罰ゲームで容赦なく泣かせた。あくまで、子供のお遊びでボコボコにしたというのが痛快。

泣かせた翌日、悔しがった上級生たちは兄を連れてきた。旅中《たびちゅう》の学ランを着た男どもの襟元には、中学三年生の学年章。小学一年生だった俺たちの体格を遥《はる》かに凌駕《りょうが》している。

「女の前で格好つけたいだけのマセガキが。謝れば許してやるけどよォ」

最寄りの畑に呼び出され、大人気のない謝罪を要求されるも、怖がる鞘音を守るように俺は立ちはだかった。

「小学生の喧嘩に混ざるなんてだっせぇな！　だからモテないんだよ！」

「モテないのは関係ねーだろうがァ！　高校にいけば彼女なんて楽勝にできるんだよ！」

俺の煽《あお》りに憤った数人の男どもが、拳を振り上げた絶体絶命の瞬間――

「んだんだ。よく言ってやったど、修！」

男どもは背後から蹴りを浴びせられ、情けなく転んでいた。

「小学生の喧嘩に中学生が手を出すなんざ、だっせぇだっせぇ。依夜莉姉さんが最高に嫌うタイプだな」

「と、豊臣⁉　部外者が口を挟むんじゃねえ！」

「はっはっはぁ！　ちょうどいいべ！　部外者同士……仲良くやろうや！」

俺の……俺たちのヒーローはトミさん。中学の同級生相手に怯《ひる》むことなく、数発の殴る蹴るの瞬殺を決め、畑の藻屑《もくず》と化した男どもは、半泣きで帰っていった。

さすが、頼れる地元の兄ちゃん……と、無垢《むく》な俺たちは懐いていたのだが、トミさんにも打算はあったらしい。

ある日……なぜかお洒落《しやれ》したトミさんは、音楽教室にも付き纏《まと》ってきたのだが、

「あ、あーっ、ここって、え、ええ、エミリィさんの家だったのかー」

「隣のクラスの……豊臣くん？　修くんたちの知り合いだったんだぁ」

「い、いやぁ～、修たちに見学してって頼まれてな！」

誰も頼んでいない。あんたが勝手に付いてきただけだろ、と今なら思う。

エミ姉との初々しいやり取りは、ぎこちなさすぎて笑える。トミさんの棒読みと肩の強《こわ》

張《ば》りが、小学生の目から見ても尋常じゃなかった。

「トミさんはねぇ、すっごく面白くて頼りになるんだーっ！」

「へぇ〜意外だよぉ。学校では不良で怖いってイメージがあったからさぁ」

今思うと、トミさんが片思いしていたんだろう。

不良気取りのくせに、純情だから一度も話しかけられない。だから悪い頭脳をフル活用し、俺たちを交流の切り口に使ったんだ。

俺や鞘音がトミさんを褒めるもんだから、エミ姉の警戒心も解けたみたいだし『孤高の不良が、実は良い奴』みたいな好印象の法則に活用されてしまったというわけだ。

恋人になるまでの道筋は、また別の物語として――

そんな淡い青春の手助けもしつつ、週三回のレッスンを六年間。幼馴染《おさななじ》みの二人は一緒に足を運びながら、音楽の基礎と魅力を学んだ。


「……最高に痺《しび》れるフレーズを思いついたので、授業抜けます」

中学生にもなると、鞘音はちょっとした有名人になっていた。

思春期になり物静かな性格になった反面、頻繁に授業を抜け出しては、体育館前の階段でエミ姉のアコギを弾いていたから。

メロディの破片を作り出しては首を捻《ひね》り、トライ＆エラーを繰り返す音楽少女……生徒がさほど多くない校内では、特に奇人ぶりが目立つ。

先生に頼まれて、いつものように鞘音を授業へ連れ戻しにきたのだが、

「あまり授業をサボっていると、高校に進めなくなるぞ」

「……時間や規則に縛られているあなたが可哀《かわい》そうよ」

「ふふっ」

「……うるさい。黙れ。笑うな」

唇を尖《とが》らせる鞘音に、思わず綻んでしまう。こいつは、結構ポンコツ。

真剣な顔でシュールなことを言うし、静かな校内に響き渡る音量で自作の楽曲を気持ちよさそうに歌ったりする。木造校舎の屋根裏に座椅子やギターを持ち込み、作曲部屋として改造。教師にバレるまで不法占拠した逸話も忘れてはいけない。

そんな天才肌の幼馴染みを隣で見ているのが、俺は好きだった。

放課後、河川敷の階段に腰を下ろし、借りたアコギで弾き語る鞘音——隣という特等席に座り、菜の花の絨毯《じゅうたん》を眺めながら、優しい音色を聴くのが大好きだった。

背後に聳《そび》え立《た》つ桜並木から舞い散った花吹雪。春の暖かい陽気に誘われて、うっかり眠りに落ちたりしても、寄りかかった俺に肩を貸してくれる。

「……バカ面で寝るな、ばか」

目を覚ました瞬間、冷たく叱られたりするけれど、

「鞘音って……良い匂いするのな」

「……そういうの、ずるい」

褒められると視線を逸《そ》らす可愛《かわい》らしい一面も、俺はよく知っている。

「顔も綺麗《きれい》だし……瞳も透き通っていて、ん、んんっ」

「……調子に乗らないで」

頬《ほお》を桜色に染めた鞘音は、俺の減らず口に手を被《かぶ》せて封を閉じる。

「もうちょっとだけ、このままでもいいか？」

「……好きにすれば」

「それじゃあ、お言葉に甘えて……あいたっ」

無防備な太ももを膝枕にしようとしたら、軽く小突かれたけど。珍しく上機嫌な日には膝枕してくれることもあった。

鞘音が河川敷に降臨すると、散歩していた老人や子供たちが集まり、小規模なストリートライブになることも珍しくない。

決して人数は多くなかったが、俺たちの軌跡は、歩みは、もう始まっていたんだ。

鞘音が曲に吹き込む歌詞は、ほとんどが女性目線。好きな人との距離が近すぎて、接し方が分からないもどかしさを表現したり、変わり映えのない日常がずっと続いていきますように……という願いを込めている。

甘酸っぱくて、切なくて、青春の味が詰まった恋愛の歌は——強い共感を揺り起こした。

恋人より近い距離で歩いてきた二人は、青春の過ごし方がいまいち摑《つか》めない。

俺たちは、どんな関係なんだろう。

「修……わたしと一緒に曲を作って欲しい」

いつものように春色の河川敷で寄り添っていると、そう訴えかけてくる鞘音。

「俺、作曲なんてしたことないんだけど」

「わたしが植えた種を、あなたはどう成長させるのか……試してみたい。わたしの声が、もっと多くの人に届くように……あなたと、ずっと歌っていきたいの」

「いずれ、足を引っ張ることになってもか……？」

「……馬鹿ね。あなたがいるから、桐山《きりやま》鞘音は……気持ちよく歌えているのに」

鞘音は照れ臭そうに俯《うつむ》きながら、自分の髪の毛をくるくると指に巻く。

自信はないが、身体《からだ》の芯から震え立つ。キーボードや作曲の基礎を齧《かじ》っただけの俺が、鞘音の役に立てるのなら……彼女が描いている景色を、二人で共有できるのなら。

「やるよ。鞘音が求めてくれるのなら――」

どこにでもいる普通の人間にとって、天才に寄り添える時間は有限だと定められているとしても、こんなに嬉《うれ》しいことはない。

「約束。これから先、進む道に迷うことがあったら……また、ここで会うこと」

鞘音が差し出してきた小指に、

「ああ、約束する」

俺は自らの小指を結ぶ。

それは四月――中学一年の遠い昔に交わした、無責任な約束。

「今はデモテープを手売りしたり、ストリートでファンを増やす時代じゃないと思うよぉ。手軽にできるのは、SNSと連動したライブ配信サービスとか？　そこから徐々に知名度を上げて、地方のワンマンライブ成功みたいな流れがインディーズの理想かなぁ」

「……なるほど。ありがとうございます、エミ姉」

まずは知名度を上げるため、隣の実家にいたエミ姉に相談。既にトミさんと結婚し、幼い子供《リーゼ》を抱いていたけど、俺たちのために時間を割いてくれた。

「ばぶばぶ、よちよち～。すごいすご～っ！　よくできました～」

よちよち歩きのリーゼと戯れる鞘音の深刻な語彙力低下はさておき、

「もちろん、修くんも協力していくんでしょ？」

「はい。ずっと、鞘音の隣を歩いて行きたいですから」

俺の返答を聞いたエミ姉は頷きながら、お馴染《なじ》みの練習部屋へ。俺たちがいる茶の間に、長方形のソフトケースを持ってきた。

ケースの中に入っていたのは、俺が音楽教室で使っていたシンセサイザー。

「ワタシからの細《ささ》やかなプレゼント。鞘音ちゃんに貸していたアコギも、もう返さなくていいよ」

「エミ姉……」

「大変だと思うケド、がんばれ教え子。お姉さんはいつでも、アナタたちの味方です」

俺と鞘音の頭に、ゆっくりと手を添えたエミ姉。

ありがとう。あなたみたいな人に出会えて、俺たちは世界一幸せな田舎者に違いない。

二人は深々と頭を下げ、大切な恩師に感謝の言葉を告げた。

＊＊＊＊＊

せっかちな幼馴染みは、思い立ったらすぐに行動する。

鞘音は実家の農作業を手伝ったり、真面目に授業を受けると誓い、ちょろい親を懐柔。

ライブ配信の基盤になるスマホを買ってもらうことに成功した。

それと並行して、鞘音は本格的な作曲にも着手。ギターや鼻歌で構築したメロディライ
ンを、俺が自分なりに鍵盤とシーケンスソフトで編集していく。原曲の大半は鞘音の功績
だが、刺さるフレーズはより尖鋭《せんえい》に。それを鞘音がまとめ、弦を用いて再構築していった。

最初の曲が七割ほど形になってきた六月頃、学校からのライブ配信をスタート……。

「あ、あれ……ばっくあっぷ？　じーぴーえす？　すとれーじ？」

ライブ配信を……。

「文字ってどうやって打つのよ……日本語に変換されないんだけど……！」

ライブ配信どころのレベルじゃない。

昼休み——体育館前の階段という定位置に居座り、スマホ画面と睨《にら》めっこするポンコツ少女。そう……鞘音は根っからのアナログ人間だから、電子機器に疎いのだ！

「配信とかSNSの運営は俺がやるから、お前は音楽活動に専念してくれ」

「……修に気を遣われるなんて、なんだか納得いかない」

鞘音の不機嫌そうなジト目を受け流し、預かったスマホを持ち主の代わりに設定。一先《ひとま》ず使える状態にし、有名なSNSやライブ配信のアプリをインストールした。

俺はスマホを持ってないけど、ソシャゲー目的で母さんのスマホを弄《いじ》っているから、扱いには慣れている。

「ネット上の名前はどうする？　本名にすることもできるけど」

「……SAYANE、でいいわ。ローマ字で」

直球な性格だから本名にするかと思いきや、意外とアーティストっぽい響きの名前を考えていたらしい。

「……桐山鞘音は、親しい人だけ呼んでほしいの」

「その中には、俺も含まれてる？」

「……いちいち言わなくても分かれ、ばか」

消え入りそうな声で、ぼそぼそと呟《つぶや》く鞘音。

不覚にも、心の中で悶《もだ》えてしまった……やばい。今の鞘音、すげぇ可愛い。

中学一年生。恋心なんて未知の感情だけど、まさか、これが……？　分からん！

心身の動揺を誤魔化《ごまか》すため、ＳＡＹＡＮＥのアカウント制作に没頭した。

「時間もないし、一曲だけ歌ってみてくれないか」

昼休みは残り五分程度。お試しとして、一曲だけ動画配信してみることに。

スマホのカメラを向けると、鞘音はいつもの数倍も表情を険しくしかめた。

怒っているのではなく、たぶん緊張している。

「……はぁ」

俺が苦笑いした理由を察したのか、鞘音は一回だけ大きく深呼吸。若干硬さが和らいだ顔つきになり、俺からの合図と同時にアコギを構えた。

「……どうも。さ、ＳＡＹＡＮＥと申します。中学二年生……なんですかね？」

なぜ疑問形？　笑いそうになるからやめてくれ。

「プロにならなくてもいいので、わたしたちの楽曲を大勢の人たちに聴いてもらいたいです。喋《しゃべ》るのは苦手なのと、もう昼休みが終わるので……さっさと歌いますね」

淡々とした雑なトークもご愛嬌《あいきょう》。

わたしたち……俺の存在も含まれているという表現が、地味に嬉しかったり。

「制作中のオリジナル曲です。〝be with you〟」

カメラのことを意識から削除し、右手に摘まんだピックで弦を震わせる。そっと触れるような繊細さを持つ音色ながらも、歌声は芯が通った力強さ。

荒れたグラウンドにも木霊し、昼休みで騒々しかった校内の生徒も聞き耳を立てる。まだまだ荒削りながら、鞘音の歌は雑念を消し去り、人々は聴き入ってしまう。

最初に窓を開けた教頭へ続けとばかりに、教室や職員室の窓は次々と開放された。

微《かす》かな息づかいやビブラートの切れ端まで聴き洩《も》らさぬように。

のどかな田舎の屋外とはいえ、完全無音な環境などではない。春風や車の走行音が邪魔しているはずなのに、俺の世界には、鞘音の歌しか存在しない。

——大好きだ。

いつまでも、歌う姿を眺めていたい。一番近い距離で声を聴いていたいよ。

「ありがとうござい……ひゃ……⁉」

演奏を終えた鞘音が、周囲の違和感に気付いて後退《あとずさ》り。歌に引き寄せられてきた数十人の生徒に四方八方を囲まれ、分厚い拍手や賞賛の喝采を受けたからだ。

「…………さよならっ！」

あっ、逃げた。

群衆を掻《か》き分《わ》けて、鞘音はどこかに走り去って行く。撮影していた動画には、赤面した鞘音が走り去るまでをバッチリ記録した。これはこれで、ネタ的に面白いかもしれない。

せっかくだから、ＳＡＹＡＮＥチャンネルを立ち上げ、有名な動画投稿サイトにもアップしてみよう。

鞘音が歌った曲は、未完成なんかじゃない。いや、未完成じゃなくなった。

まさか……歌いながら未完の部分を自然に引き出し、本番で完成させてしまうなんて。

俺は感慨深さと共に、一抹の不安を覚えてしまう。幼馴染《おさななじ》みの『桐山鞘音』は、アーティストとしての『SAYANE』の片鱗《へんりん》を見せ始めている、と。

「すごいな……あいつ」

鞘音の歌が大勢の人々に届くのは歓迎するべきことなのに、寄り添ってくれていた〝幼馴染み〟が遠くに行ってしまった気がして。

悶々《もんもん》とした矛盾が、俺の中で根深い焦燥を生み出していた。

「ま、マジかよ……」

ネット上で活動を開始してから、十ヵ月後——俺は毎日のように、動画に添えられた数字を確認しては打ち震えていた。心情は主に驚愕《きようがく》。ライブ配信の総視聴者数は八十万人を突破し、動画投稿サイトへのアクセス数も比例して頭打ちを知らない。

寄せられた多数のコメントも好意的なもので占められており、一日一回、恒例になったライブ配信では、鞘音が「……お晩です」とぎこちなく挨拶すると、数倍の挨拶が視聴者からリアルタイムで返ってくる。

度々見せていたポンコツっぷりも、彼女の人気を後押し。鞘音はネットのトレンド女王に登り詰めていった。

放課後の河川敷から配信するのも慣れてきた頃から、視聴者が親しみやすいよう、五分程度のトークタイムを設けていたのだが、

【SAYANEちゃんが好きなアーティストとかジャンルは？】

「……切ない恋愛系の歌が好きですけど、ギターを教えてくれた音楽教室のお姉さんが好きな曲に影響されたりもしています。例えば――」

最初に比べると、質問への回答も滑らかになってきた。フリートークは未《いま》だに厳しいんだけど、音楽以外は不器用な鞘音の性格を考慮すれば、進化は歴然。

「持ち歌はまだ一曲しかないので、今日はカバーソングを歌います」

エミ姉が頻繁に聴いていた曲のアコースティックアレンジ。

恋人との別れと春の桜をテーマにしたこのバラードを、SAYANEのファン層である十代の若者はあまり知らないだろう。

しかし――彼女がアレンジしながら弾き語るだけで、ライブ会場のような一体感。曲を知らなくても関係ない。鞘音の歌声が、演奏が、表情が、秀逸な原曲が持つ無限の可能性を、異なったフィールドにも引き出している。

オリジナル曲以外は、大半が既存曲のカバー。俺が伴奏しながら鞘音が歌うピアノアレンジも好評だが、やはり、コメントでは新曲の要望も目立つ。

「新曲も制作中だから、待っていてください」

鞘音がこう釈明するのも、何度目だろうか。

オリジナル二作目となる新曲は、未だ完成する気配がない。鞘音から基礎になるメロディや歌詞はもらっているのに、俺でストップしているのが現状。鞘音の持ち味を殺していないか苦悩し、自分の存在意義を自問自答する日々が続く。

せっかく人気も沸騰してきたのに。話題性抜群なタイミングなのに……。

「〝be with you〟のPVを作らないか？　動画サイトにアップすれば、宣伝効果も高いと思うんだ」

中学二年になった凡人が考え付く限られた選択肢。そんな苦し紛れの提案だったが、鞘音は「うん」と了承してくれる。

四月下旬の河川敷を鞘音が歩くだけで、もはや青春映画の一シーン。エミ姉から借りたビデオカメラを使い、監督気取りの男が被写体の笑顔を写した。

優美な背景を魅力的に彩る幼馴染みの姿に、カメラを持つ手が打ち震えてしまう。

「ごめん……手ブレしちゃったから、菜の花畑のシーンを撮り直したいんだけど」

「はっ？」

笑顔が睨《にら》みに切り替わって怖いよぉ……。

「……笑顔ってかなり疲れるの。慣れてないから」

文句を呟《つぶや》きながらも、鞘音は最初の位置に戻ってくれた。菜の花畑を無邪気に歩き回る女の子を、何度でも撮り直したいとさえ思うよ。

この幸せな時間が、何度でもやり直せたらいいのに。

大人になんか、ならなければいいのに。

……………………

………

「ちゃんと撮れ、ばか」

「うおっ……!?」

ほぼゼロ距離からレンズを覗《のぞ》き込まれ、ビビりを禁じ得ない。夢中……というか、恥ずかしながら魅了されていたので、鞘音の接近に全く気が付かなかったのだ。

「それじゃあ、サビは桜並木の前で撮ろう。ギターを弾きながら歌う自然体の鞘音を」

「……分かった。ちゃんとやるから、ちゃんと撮ってね」

俺の浮ついた心を読み取ったのか、ジトっとした視線を受け取るものの、

「いつでもいい。いつでも歌える」

アコースティックギターを構えると、瞬時に表情を引き締めた。アマチュアとは思えない洗練された空気感は、こんな心理を抱かせる。

こんな片田舎で消える才能じゃない。

大勢の人々を虜《とりこ》にし、あるいは救い、溶けるほど熱狂させる使命があるんだ、と。

ちゃんと撮るから。

世界一と誇れるくらい可愛《かわい》らしく……記録と思い出に残すから。

春の陽気に歌声を躍らせ、散り始めた花びらを纏《まと》い六弦を揺らす幼馴染みが——いつまでも隣にいますように。

鞘音の使命と俺の願いは、共存が不可能だった。

＊＊＊＊＊

十月、時間稼ぎの青春は無情に経過していく。

自室に引きこもり、闇雲に鍵盤と相対していた俺を気に病んだ鞘音が——背中に両手を添えてきた。演奏技術や編集技能を磨こうともせず、苦悩しているふりだけが上手《うま》い男へと。そして、ハリボテな劣等感や凝り固まった弱い心を包む、太陽の温《ぬく》もり。

たぶん、怠惰な俺を背後から抱き締めている。

「わたしは独りだと何もできない。二人だから、ここまでやってこられた」

「さや……ね……」

「歌い始めたのも、ギターを弾き始めたのも、修を追っかけたのが始まりだったの。わたしたちなら、どんな夢だって叶《かな》えられる。どんなことでも、可能になる……そうでしょ？」

そう思いたい。こいつに寄り添うと決めたときには、そう思って疑わなかった。

予想以上に早かったのだ。

天才と凡人の格差が浮き彫りになる瞬間が。

「修が作ったものなら、どんな曲でも歌う。〝be with you〟も、そうやって作り上げた」

「そう……だな。あのときと、同じ気持ちで——」

もう、こんなに遠くまで来てしまった。

鞘音のためだけに作っていた去年とは、責任の重さも期待値も違う。

……などと、逃げ道の口上を模索して陥るのは、底が見えない自己嫌悪の螺旋《らせん》。

「二週間後……旅名川祭りでファーストライブをやろう。そして、今度は新曲をたくさん用意してさ、でかい箱でワンマンライブとかできたらいいな」

「うん……できる。きっと、修とならできる」

「今年の誕生日は、大したプレゼントもできないけどさ……」

制服のポケットに忍ばせておいたものを、鞘音に手渡す。少し早い誕生日プレゼントは、春咲市の楽器店で買ったピック。中学生だからこんな安物しか買えない……新曲なんて到底無理だったから、せめてもの罪滅ぼしになればいい、と。

鞘音から受け取る言葉は——ありがとう。

今にも泣き崩れてしまいそうな脆《もろ》い微笑《ほほえ》みで、精一杯の感謝をくれる。

「来年の誕生日には、最高の曲を贈るよ。だから、待っていてほしい」

「うん……待ってるわ。約束した場所で、ずっと待ってる」

すぐにでも、逃げ出したい。

増大していく重圧に耐えうるだけの自信と才能が、ない。

なのに、本心とは真逆の馬鹿な戯言《たわごと》を、どうして口走ってしまうのか。

鞘音を安心させるためだけの綺麗《きれい》な言葉で、その場凌《しの》ぎしかできない臆病者のくせに。

「……そういえば、修は携帯を買わないの？」

おもむろに、鞘音はそんな問いを投げかけてくる。

「うーん。ウチは母さんが厳しいから、高校生になってからだろうな」

俺の背中に接していた温もりと感触が遠ざかる。反射的に踵《きびす》を返すと、鞘音がメモ帳の切れ端に数字とローマ字を記入。やや視線を逸《そ》らしつつ、その切れ端を差し出す。

「家電でしか連絡つかないの、すっごく不便だから……早く買ってもらって。わたし……メールとかトークアプリ……してみたいの」

頬《ほお》を夕焼け色に完熟させた鞘音から、スマホの連絡先が書かれた切れ端を受け取った。

――卑怯《ひきょう》だろ。こんなタイミングで恋心を教えてくれるとかさ。過熱した心音が抑えきれないどころの騒ぎじゃないぞ。

隣にいたい。いつもの不機嫌そうな顔も、恥じらった顔も、不意に笑った顔も、ぜんぶ好きな女の子だから――

「母さんに頼んでみるから、もし買ってもらえたら……真っ先に連絡するよ」

「……分かったわ。アドレス帳、誰も登録しないで待ってるね」

「いや、家族くらいは早く登録してやってくれ……」

ほんの僅か。唇の両端をほんの僅かに上向かせるお前が、嘘《うそ》偽りなく大好きだから。

引き延ばしてしまう。

俺はまた、無意味な時間稼ぎを繰り返してしまう。

旅名川祭りで開催したファーストライブは、大盛況に終わった。

ライブ動画が公式アカウントから拡散することで、鞘音の知名度は〝常識〟という天井を軽々と超越。人気の証《あかし》なのか、春咲市中心部の中高生が電車で旅名川を訪れ、学校帰りの鞘音を出待ちする行為も増え始めていた。

「鞘音は神経質だから、そういうのやめてもらっていいかな」

執拗《しつよう》な輩《やから》には口頭で注意するも、

「あんたはSAYANEちゃんの何？　彼氏とか？」

「いや……幼馴染みだけど」

「あ〜あ、ただ家が近いだけでSAYANEちゃんと親しいとか羨ましいね」

ファンが何気なく発した嘆き。

無意識に右拳が固く握られ、殴りかかりたい衝動に駆られる。

行き場のない憤りは、図星の裏返し。俺の現在地を的確に表し、脆い心を覆う薄皮を剝《は》ぎ取《と》られた焦燥と八つ当たり。

情けない。格好悪い。だが、見返すための行動はしない。

どうせ無理、才能がない、今さら努力しても遅い。

自分に甘い奴《やつ》に限って、他人から指摘されると無性に腹が立つ。

言葉では鞘音を応援し続け、自分は苦悩しているふりを惰性で続けていた。

ファーストライブから一ヵ月が過ぎ、三ヵ月、半年、九ヵ月。

路肩の雑草は、ただただ、呼吸をしながら、無駄に身体《からだ》を成長させながら、唯一無二の太陽を眺めているだけだった。

いつの間にか義務教育の最上級生になり、こっちが敬語で話しかける相手は教師だけ。

「修……早く現実を見たほうがいいぞ」

放課後に指導室で行われた進路調査の面談。俺は担任の先生に苦言を呈されていた。

「進路調査書には『作曲家』と書いてあったが、厳しい職種だと思う。食えるようになるには、一握りの才能と努力、そして運がないと無理だ」

「だから、これから頑張っていきたいんです。独学で勉強しながら、ネットに投稿したりして……」

「高校を卒業してからでは遅いのか？　今のご時世、中卒では苦労する。現実を見てから就職したいと考えたとき、学歴がないと選択肢が大幅に狭まるんだ」

反論の余地もない正論を並べ立てる担任。生徒を思っての言い草なのに、ガキだった俺は反抗心しか湧かなかった。若かったのだ、外見以上に中身が。

「遅いんです。三年も無駄にしたら、鞘音は手の届かない距離に行ってしまう……」

「いいか、修。俺たち大人は、子供に〝夢を追え〟と発破をかけるが、同時に〝現実を見ろ〟と諦めさせようともする理不尽な生き物だ。鞘音は応援するに値するだけの可能性が既に伴っているが、お前はどうなんだ？　暇を持て余せば、成果を出せるのか？」

「それは…………」

自らに甘い者の心情を見透かされている。

時間があればあるだけ、先送りにしてしまうことを。

「お前は母子家庭だろ。堅実な進路のほうが、母親の負担も軽いんじゃないか？」

正論をこれでもかと叩《たた》きつけられ、ついには黙秘権で逃げるしかない。

「もう六月も終わった。受験勉強するなら、早いに越したことはないからな」

今思えば、担任は教え子第一の真っ当な人間だった。無駄に焦るだけの馬鹿は、子供の夢を頭ごなしに否定する糞《くそ》なテンプレ大人としか感じなかったけど。

高校を卒業してから音大か専門学校……なんて、悠長な余裕はない。これも言い訳。

「今の俺が鞘音と一緒にいられるのは、幼馴染《おさななじ》みとして生まれた運だけ……か」

指導室から出ると、そんな自虐を呟いてしまう。

夢見がちのくせに打たれ弱い男は、未来の目標を完全に見失っていた。

大人を見返すために奮起する、という選択肢を脳内から消したまま。

初夏に差し掛かると、春咲駅の駅前広場でストリートライブを決行する。新幹線が通る大型駅での本格デビューは、利用者が往来するだけの情景をがらりと一変。

真夏の野外フェス。

そう錯覚させる人間の大波、焦げ付く灼熱《しゃくねつ》の歓喜が止まらない。

SNSやライブ配信で告知しただけだが、ネットを通じて膨れ上がったファンが結集したため、ライブの大成功は必然だった。

エミ姉やトミさん、母さんも歓声の一部となり、物静かな教頭まで見に来てくれた。インディーズの中学生が、知人以外の数百人以上を動員する。これが、どんなに凄《すご》い偉業なのか……同業者に聞けば一発で分かるだろう。手売りのために用意した百枚の自作CDが一瞬で足りなくなったのも、大きな成果と胸を張れる。

エミ姉にバイオリンで協力してもらい、俺のキーボードと鞘音の声で既存のバラード曲をアレンジ。大勢の人が涙を流してくれたのを、生涯忘れることはない。

「最後の曲はオリジナルです。〝be with you〟」

演奏された全五曲のうち、四曲がカバーソング。俺は、奥歯を嚙《か》み締《し》める。

未《いま》だオリジナルが一曲だけという現状を歯痒《はがゆ》く思い、自分の至らなさに苛立《いらだ》ち、熱気が渦巻くこの空間でただ一人……理不尽に募らせる自責の感情。

鞘音は向こう側で、俺はこっち。

俺は名もなき雑踏側の人間にしかなれないのだと、改めて思い知らされたのだ。

運に恵まれた無能の夢物語も、そろそろ終わり。

引き際を間違えたら、なおさら傷つくことになる。

趣味の範疇《はんちゅう》であるうちに、大空へ飛び立つ翼から落とされても軽傷で治るように〝自分の意志〟を告げなくてはならない。

ストリートライブの翌日。

俺たちは学校をサボった。とっくに散った桜並木と、枯れた菜の花畑を二人で眺めながら、熱い汗を振《ふ》り撒《ま》いたライブの余韻に浸る。いや、浸りたかった。

今はただ、照り付ける夏の太陽が肌を炙《あぶ》り、汗がシャツを濡《ぬ》らす不快感だけ。

「わたしたち、どこまで行けるのかな？　高校生になっても、大学生になっても、その先も……ずっと、突っ走って行ける？」

お前だけなら、行ける。どこまでも、飛んでいける。

鞘音の代わりはいない。俺の代わりはいくらでも存在する。人気者に寄生し、自分も成し遂げた気になっているゴミカスは、あれから一曲も作っていない。

動画・画像の撮影や編集、ＳＮＳの運営、ライブの許可取り、楽器の運搬、レコーディングの補助、労《ねぎら》いの声掛け……こんな程度、レコード会社や芸能事務所の下位互換。

近い将来、専門職の大人に取って代わられることなんて分かりきっている。

「修……何か言ってよ」

口を噤《つぐ》んでいた俺の顔を覗《のぞ》き込んでくる鞘音。

無表情の仮面に隠れた不安の眼差《まなざ》しが、俺には分かってしまう。

「何か答えてよ……いつもみたいに応援して……修……」

感じ取っていたんだ。底辺の葛藤に、時間稼ぎに、鞘音は薄々気付きながら――俺に笑顔を見せてくれていた。最高の歌を、届けてくれた。

「お前の人気と実力なら、地方のワンマンライブだって成功させられる。けどさ、今のまじゃ……すぐに限界は来てしまうんだ」

「わたしがもっと頑張ればいい。もっと、もっと歌って――」

「……違う。鞘音一人でこの先に進むか、俺の代わりが有能だったら良いだけの話だ」

俺は自分の鞄《かばん》から、十枚以上のCD-ROMを取り出す。

「この一年、鞘音が持ち込んでくれたデモテープ……俺がちゃんと完成させることができていたら、今ごろワンマンライブだって可能だったかもしれない」

「それは……でも、修も頑張って、悩んで……」

「努力しない凡人がたったの〝1〟で満足している間に、努力する天才は過去の結果を超えようとする。努力しているふりだけが上手《うま》い奴の傍《かたわ》らで、お前は『結果』だけを提示して努力を示し続けているんだ」

鞘音は押し黙るしかない。

根拠のない浅はかな励ましが、かえって俺を追い詰めるのを悟っているから。

「お前は無意識に、俺のレベルまで下げた曲を考えていた。もっと凄い曲を生み出せるのに、俺の存在がお前の才能を殺しているんだよ」

「やめる……なんて言わないよね？　わたしが求めてくれるなら曲を作るって……ずっと、隣を歩いてくれるって……」

鞘音の声に涙が混じり、脆弱《ぜいじゃく》に擦《かす》れていく。

「思い出作りの遊びにしては、楽しい夢を見させてもらったよ。でも、そろそろ受験勉強もしなきゃマズイしさ、ここら辺が俺の引き際かなって」

「嘘……だよね、修。遊びだなんて……」

「現実見ようぜ？　口先だけの無能ほど、夢を語りたがるもんさ。そして、俺みたいに飽きやすくて諦めも早い」

「わたし、修となら本気で……どこまでも目指せるって……疑ってない。わたしは……わたしはぁ………」

好きな人が、言葉を紡げない。

目尻から絶えず溢《あふ》れる大粒の涙で、綺麗《きれい》な顔がぐちゃぐちゃに水没しているからだ。

「お前が全国的な有名人になったら自慢できるからなー。ＳＡＹＡＮＥの歌を作ったことがあるんだぜーって」

「…………い」

「まあ、プロの世界は才能があっても消える奴なんてゴロゴロいるし、お前が売れる保証なんてないけどさ。陰ながら応援させてもら——⁉」

痺《しび》れるような頬の痛み。

同時に激しく視界が揺さぶられ、俺の軽口は打ち消された。

「だいっきらい!!」

悲愴《ひそう》と憤怒。

その二つが混在した鋭角な両眼で睨《にら》み付け、憎たらしい頬に叩きつけたのだ。

走り去っていく鞘音を、傍観することしかできない。

これで、いい。

これで、あいつは一人でも歩いていくことができる。

あいつは優しいから、無能の歩幅に合わせようとしてくる。それが、自分の才能を埋もれさせる結果になろうとも、厭《いと》わない。迷わない。

俺が普通に身を引けば、あいつも音楽から離れてしまう。

あいつは、そういう奴だから。

優しい……本当に、俺にはもったいない素敵な女性だから。

「もっと聴かせてくれ……。俺以外と作った歌でもいいから……お前の声を」

足手纏《あしでまと》いが突き放してしまえば、新たな可能性が迎え入れてくれる。負けず嫌いなあいつは、意地でも頂点を目指す。軽薄な男の心無い軽口を、見返すために。

「ちくしょう……さや……ね……」

これでよかったはずなのに、なぜ、俺の視界も濁ってしまうのだろう。

胸が締め付けられて、ぶたれた頬《ほお》が痛すぎて、あいつがいなくなった河川敷に立ち尽くしながら、汚い嗚咽《おえつ》を吐き出す。

最初の逃避にして、最大の逃亡。

努力しても追いつけないなら無駄。

だったら、最初から真剣になるほうが馬鹿らしい。

大学からも、バイトや就職からも、鞘音からも、逃げ続ける人生になった分岐点。

俺たちが過ごした十五年は、一緒に育んだ思い出は——恋人より近くて遠い関係が生み出した春色の幻想。

掛け替えのないこの場所で、短すぎた青春が——終わった。

＊＊＊＊＊

何日目だろうか。

鍵盤に触れていた指が、受験勉強のペンを握るようになったのは。

幼馴染みと会話すらしなくなったのは。

同じクラスのはずなのに、二人は視線すら交差することはない。クラスの奴らは空気を察し、異様な光景に日々困惑している。

毎日のように、ではない。俺と鞘音は、毎日一緒にいた。

今は過去形だけれど。

十月──卒業の気配が滲《にじ》む季節になっても、それは変わらない。旅名川祭りや鞘音の誕生日があろうと、終わった青春は二度と始まらないのだ。

授業やHR《ホームルーム》をサボる悪癖が再発したらしく、担任の要望で俺がプリントを持って行かされることになったのは憂鬱だが、鞘音の家に届ければいいだけ。

放課後。見知りすぎている庭に、あいつの三輪自転車がないことを確認。留守のタイミングを見計らって、鞘音の母さんにプリントを手渡す。

「あの子と何かあった？」

「いえ……特には」

お茶を濁したが、思い詰めた様子で考え込む鞘音の母さん。

「最近の鞘音、すぐに出かけて行ってしまうのよ。まるで誰かを待っているみたいに、夜まで帰ってこないわ」

ただ、屋外でギターを弾いているだけだろ。

自分自身に、そう言い聞かせる。

約束。これから先、進む道に迷うことがあったら……また、ここで会うこと。

一年以上前の指切りが、鮮明にフラッシュバック。

進む道に迷ったときに、俺たちが会うと約束した場所…………まさか、な。

十月十五日──学校から帰宅し、埃塗《ほこりまみ》れのキーボードが放置された自室にいると、外から聞こえてきたのは冷たい雨音。五分もすれば、平屋の屋根を雨粒が煩《うるさ》く叩《たた》きつける。

夕方だけど寒い。屋内にいても、暖房がなければ凍えるくらいに。

今日は、鞘音の誕生日。

俺の隣にあいつがいない、初めての誕生日。

「……くそっ！」

苛々《いらいら》する。腕が小刻みに震えるのは、気温だけの問題じゃない。身体《からだ》が、脳が、記憶が、未知の空白に戸惑っているのだろうか。さすがに、今日は室内にいるだろう。

こんな日に外でギターを弾いているなんて、まともな人間の行動じゃないからな。

…………………つまんねぇ。

気を紛らわせるためテレビゲームをしても、空白が満たされることは絶対ない。

教科書や参考書を開いてみても、集中などできはしなかった。

脳内の漠然とした靄《もや》を洗い流すため、周囲の景色が霞《かす》む土砂降りの中、傘を差しながら歩いてみる。あいつは関係ない。ただ、俺がそうしたかったから。

いるわけがないんだよ。たいした用事もないのに、こんな悪天候で外出する奴《やつ》なんか。

ほんの数分で靴は水浸しになり、ズボンの裾も濡《ぬ》れ雑巾みたいになった。近くを車が通る度、汚泥の水飛沫《みずしぶき》が襲う。

もはや、ビニール傘など無意味な飾り。冷えた身体を無心に動かし、辿《たど》り着《つ》いた旅名川大橋から河川敷を見下ろすと――

「何してんだよ……あいつ」

俺は一歩ずつ後退《あとずさ》りしながら、絶句を禁じ得ない。

鞘音が――ずぶ濡《ぬ》れのまま、立ち尽くしているからだ。

春には菜の花畑になるところも、現在は青々とした雑草地帯。泥水が点々と水溜《みずた》まりとして蔓延《はびこ》り、春季の幻想的な面影など、どこにもありはしない。

その殺風景な世界に、鞘音はひたすら立ち続ける。

来ない誰かを、待っているかのように。以前から、約束していたかのように。

来年の誕生日には、最高の曲を贈るよ。だから、待っていてほしい

うん……待ってるわ。約束の場所で、ずっと待ってる

馬鹿か、あいつは。

こんな口約束を、叶《かな》うはずもない未来を、延々と信じているなんて。

最悪な突き放し方をしたクズに、まだ夢を抱いているのか。

やめてくれ。俺は、そんな人間じゃないから。
お前の夢を応援しているふりをして、傷つく恐怖から逃げただけなんだ。
絶望から逃げた奴を、希望で追わないでくれ。
醜く腐れた心に、綺麗な面影で巣食わないでくれ。
見ていられない。飴《あめ》細工より甘ったるくて脆《もろ》い俺の心が——簡単に砕けてしまう。
寒いだろう。
惨めだろう。
滑稽だろう。
幼馴染《おさななじ》みをそんな姿にさせたのは、だれだ？
一生、逃げられない。
犯した大罪から、執拗《しつよう》に追いかけられる。
それでも、逃げるしかない。俺は、幸せになる資格などない。
好きな子を不幸にしておきながら、どうして真っ当な人生を歩めるのか。
彼女に声をかける者は、いない。
彼女が待っている人は、永遠に来ない。
俺は、この場から逃げた。
鞘音の頬を伝うのは雨粒なのか涙なのか。
見ているのも辛《つら》くて、俺もあいつも、雨粒にすら押し潰されそうだった。

この町には、至るところに鞘音との思い出がある。
景色のすべてが、鋭利な刃物。
離れたい。
俺はもう、すべてから逃げたかった。

三月——俺は東京の高校へ進学し、旅名川での人生を記憶から投棄。
鞘音のメジャーデビューをネットで知ったのは、それから間もなくのことだった。

# 第五章 撤回させてくれ

様々なことを、思い返した。

二十歳になって、五年ぶりに鞘音《さやね》と再会し、トミさんやエミ姉を介しながら会うようになり、一度きりでも共にライブをしたから――だろうか。

旅名川《たびながわ》祭りの翌日。楽しい夢物語のあとは、虚《むな》しい孤独が舞い降りる。俺は自室のベッドで仰向《あおむ》けになりながら、ずっと、あいつとの過去を振り返っていた。

記憶の彼方《かなた》へ捨てた破片を、一つ一つ、拾い集めながら。

明日は、あいつの誕生日。俺と同じ、二十歳になる。

……わたしはもう、一人に戻るね。幼馴染《おさななじ》みの桐山《きりやま》鞘音は、そろそろお終《しま》い

昨日の別れ際、鞘音はそう言い残した。

東京に戻り、ＳＡＹＡＮＥとして活動を再開するという意味……だと思う。あいつは精神的な問題を克服できたのかな。前に進むための鍵を、地元で得られたのかな。

そんなわけないだろ……！

最後のオリジナル曲で、あいつは泣いていた。嬉《うれ》し涙《なみだ》には、到底思えない。

このまま、重圧と期待の孤独な世界に戻ったら……あいつは壊れてしまう。

そう危惧してしまうくらい、あいつの表情は儚《はかな》くて、突然にでも崩れ出しそうで。取り

繕った仮面の下は、河川敷で立ち尽くしていた素顔に酷似している。

東京に帰してしまったら、もう二度と、俺たちは会えない。

そんな気がしてならないんだ。

会ったあと、どうするかなんて無計画。

何も考えていないけれど、もう一回……声を聞かせてくれ。それだけでいいから。

平日の午後、秋空は泣き出しそうな曇り模様。思い立った俺はチャリに飛び乗り、鞘音の家へとペダルを漕《こ》ぐ。

五分もかからずに、だだっ広い庭へ突入したものの、

「あの子、いないわよ？」

玄関にて出迎えてくれた鞘音の母さんに、あっさりと不在を言い渡された。

「もう……東京に戻ったんですか？」

「んー？　三輪自転車でどこかに行ったわねぇ」

ということは、遠出はしていないはず。

鞘音の母さんにお礼を言い、公民館や旅館がある地区へ向かってみる。行く途中に旅名川大橋を渡るも、殺風景な河川敷には誰もいないしチャリもない。

「どこに行ったんだよ……」

立ち寄った中学校にもチャリがなかったので、居場所が思い当たらないんですが。

あとはリーゼの周辺……あいつなら、ありえるかも。

リーゼとはトークアプリのIDを交換していたので、鞘音がいないかメッセージを送ってみる。五時間授業なら、そろそろ下校している時間帯だけど。

いったん、立ち止まって送信してから数秒後……

【サヤネ　イル】

という返信。リーゼがどこにいるか尋ねると、

【ブドーカン】

武道館⁉　リーゼも大物ギタリストになったのう。

無粋なツッコミは省くとして、児童館の間違いだよな？

小学校の近くにある旅名川児童館。

下校時刻を過ぎた小学生が遊んだり、親が迎えに来るまで時間を潰す施設。屋内で遊ぶための平屋と、屋外で遊ぶための広場や遊具がある。

小学三年生まではオヤツがもらえたり……そんなことはどうでもいいか。

とにかく、チャリの進行方向を児童館へ。

「やっぱりな……」

愛用の三輪自転車は児童館に停《と》められていた。

遠目から見ても、ハーフな容姿とゴスロリ服のリーゼは目立つ。リーゼがブランコを立ち漕ぎしている隣には、ブランコに腰掛けた女性。体格的に明らかな大人だ。

「SAYANEだーっ！　ほんもののSAYANEーっ！」

田舎には不相応な若手のスター。本人は伊達《だて》メガネで変装しているつもりだろうが、見破った子供たちに騒がしく囲まれている。

安心……した。いつ、この町を去ってもおかしくないから。

俺の手が、言葉が、まだ届くところにいてくれたのが、そこはかとなく嬉《うれ》しい。

こっそりと、あいつらの背後に回り込み、

「すみません。女児の近くに怪しい大人がいるとの通報を受けまして、任意で事情聴取させていただければと」

「え、えっ⁉　違うんです‼　わたしはただ、リーゼちゃんに癒《いや》されにきただけで‼」

鞘音の肩に手を置く。当の本人は慌てたのか、謎の言い訳をしながら上半身だけで振り返った。すぐに俺の悪戯《いたずら》だと気付くと、心底ウザったそうなシワを眉間に刻む。

こわっ……‼　さっきまでリーゼの保護者気取りだったくせに。

空気を和ませるための手段だったが、逆効果だったらしい。反省しよう。

「……あなたは何しにきたのよ？」

「……いや、なんとなく」

「……そう。ヒマなニートなのね」

鞘音の隣に立ってみるが、普通に気まずい。

お互いに相手の出方を探っている感じだ。

リーゼがブランコを漕ぐギコギコという音が、沈黙のむず痒《がゆ》さを若干緩和させる。

周辺で遊んでいる子供たちを見ていると、無邪気だった自分の面影と重なった。鞘音と過ごし、トミさんと遊んで、エミ姉にレッスンを受けて……笑顔が絶えなかったな、と。

「……ここに来るとね、子供だった頃を思い出すの。悩みもなくて、苦しさもなくて、ひたすら楽しく遊んでいた面影を」

「俺も同じことを思った」

「……どうして、こうなったのかな。わたしは、どうすればよかったのかな」

弱い素顔を悟られないよう、鞘音が俯《うつむ》く。暴風を支配した昨日の歌声とは真逆。風に攫《さら》われそうな細い声は、俺の心境を粘着的に締め上げる。

「鞘音は間違っていない。結果を残して、大勢のファンに愛されているじゃないか」

「……それが、あなたの本音？」

「五年前と変わらないよ。俺は遊び感覚だったから、諦めも早かった。そんな足手纏《あしでまと》いな奴《やつ》と手を切ったから、鞘音は才能を無駄にせず、メジャーデビューの道が開けたんだ」

「……修《しゅう》は相変わらず、嘘《うそ》が下手」

「……嘘じゃないって」

鞘音は押し黙り、ブランコの座面を支える両端の鎖を強く握った。

「……本音は言えないのね」

「俺が……本音を隠しているとでも？」

「……お互いに、よ」

困惑する俺を後目に、鞘音はブランコの座面から起立。折り重なった積乱雲から僅かに顔を覗《のぞ》かせる茜色《あかねいろ》を背景に、俺を正面から見据えた。

それと同時に、

「ワッショイ！」

立ち漕ぎからの大跳躍を披露したリーゼが着地し、誰も使っていないゴムボールを拾い上げて、俺たちに高々と掲げてくる。

「譲れないモノがあるのナラ、戦うノダ」

敏感に空気を読む幼女リーゼ……いや、救世主《メシア》ネーム　イズ　リーゼロッテ。

キメ顔で凛々《りり》しい台詞《せりふ》を発しながら、鞘音にボールを手渡した。

さすが、トミさんの血を引く選ばれし者。

平和的な決闘の方法は、よく存じているらしい。

「わたしの前から消えた罪を裁くため、スポーツマンシップに則《のっと》ったリベンジをしてあげる。敗者は……勝者から一方的に罵倒され、痛めつけられるの」

そして、鞘音は児童館の屋根を指さす。

「今からクズのあなたを〝しけい〟に処すから」

望むところだ。

＊＊＊＊＊

一滴、二滴――次第に数えるのも馬鹿らしいほどの雨粒が、頭上から降り注ぐ。不機嫌だった空色が泣き出し、五年前の十月十五日を連想させた。

「……修！」

「くっ⁉ ボールに回転を……！」

子供たちは全員、児童館の屋内へ早々に引っ込んでいる。当然だ。全身ずぶ濡《ぬ》れになり、手足を冷やしながら軒下を走り回っている大人が異常なんだよ。

鞘音が投げ込んだボールには強烈なスピンが効いており、屋根に接した瞬間、弧を描きながら屋根の表面を這《は》う。軒下にいる俺たちは屋根の上が死角。ボールの軌道が見えづらいため、予測は困難を極める。

鞘音は俺を指名した。落下までの時間は約三秒。

傾斜のある屋根から転がり落ちるボールを、ノーバウンドで捕球しないと――

「ここだ……！」

俺は落下地点を計算し、左へ走りながら指先でキャッチした。

「鞘音！」

すぐに反撃。今度は鞘音の名を宣言しながら、屋根に投げ返す。

この攻防を数回繰り返しているうちに、

「はぁ……はぁ……」

きた……ヒキニートの運動不足。昔なら朝飯前だったのに、この程度のダッシュやボール投げの動作で疲労困憊《ひろうこんぱい》に陥るなんて……！

踏ん張れない足元のぬかるみ、屋根からは捕球を遮るような雨水の滝……無駄に体力が削られ、露骨に動きが鈍ってきた俺だが、鞘音はまったく容赦しない。

左へ右へと揺さぶりをかけ、貧弱な俺を徹底的に走らせる。

「……しまった！」

落下に間に合わず、ボールは地面を転々。見計らった鞘音が遠くに逃げていた。

鬼がボールをノーバン捕球できなかった場合、他の人は逃げることができる。鬼がボールを摑み「ストップ」と言うまで、だ。

「ストップ！」

俺がストップ宣言したと同時に、逃げていた鞘音が静止。

くっ……二十メートル以上は逃げられてしまった。俺がボールを拾った位置から、鞘音にボールを投げ当てられないと俺の負け。当てられたら鞘音の負け。

「確か……鬼は三歩なら移動ＯＫだったよな？」

「……そうね」

地方によって若干ルールが異なるらしいが、トミさん方式だと鬼は三歩だけ移動できる。

三歩であいつとの距離を縮めないと、ボールを投げ当てられる可能性は低い。

「いぃーっちぃいいいいい！」

トミさん式テクニック【スケーティング】を発動！　大ジャンプをすることで、普通の歩幅より距離を稼ぎつつ着地し、勢いを利用しながら靴底をスケートのように滑らせる。

こうすると、約三メートルは稼げるのだ。

「ちょっと！　滑るのズルい！　一歩じゃないわ！」

怒りの抗議が聞こえるけど無視。傍《はた》から見たら小学生よりガキだな、俺ら。

「にぃーっいぃいいいいい！」

大ジャンプ二回目。

「さぁーあぁあああああん！」

湿りきった汚泥を潤滑油に、ラストの三歩目も長いスケーティングになった。

鞘音との距離、十メートルちょい。

「覚悟しろよ。俺は躊躇《ちゆうちよ》なく当てるからな」

自信に満ちた俺だったが、鞘音は涼しい雰囲気を崩さない。

右手に握りこんだゴムボールを振りかぶり、俺は勝利への一球を放つ。

……直後、啞然《あぜん》とせざるを得ない。

ボールは鞘音に掠《かす》りもせず、暴投になってしまったから。投げる瞬間に踏ん張った足腰が悲鳴をあげ、投球フォームを乱したのだ。

「ただのヒキニートが、体力トレーニングを欠かさない現役の歌手に勝てると思った？　あの小賢《こざか》しいジャンプ技も、脆弱《ぜいじゃく》な今のあなたには諸刃《もろは》の剣よ」

冷静な口調で煽《あお》ってくる鞘音。

「まだ〝いちけい〟だろ。もう勝った気でいるのか？」

「ふっ……五分で終わらせてあげる」

完全敗北での罰ゲームは四回負けたとき。つまり〝しけい〟になったら……だが、余力を隠し持つ鞘音は鼻で笑い捨てる。

最初から勝てるわけがなかった勝負。キックベースも満足に熟《こな》せなかったのに、なぜ挑発に乗ってしまったんだろう。冷静に考えれば、すぐに判断できるじゃないか。

五分後——俺は完全敗北し、四《よ》つん這《ば》いで雨に打たれていた。

「……あなたが勝負を受けた瞬間、わたしの勝利は決定したも同然なの。これは、わたしが一方的にあなたへ与える罰ゲームなんだから」

俺は口実が欲しかったのかもしれない。

鞘音の嘘偽りのない感情に、ただ黙って殴られ続けられる口実が。

逃げ続けてきた大罪人に対する公開処刑を、俺自身が待ち望んでいたとしたら。

黙って歩き出した鞘音の後ろに付き従う。

処刑人に連行される受刑者と同様の扱いで、見知りすぎた処刑場に連行された。

旅名川河川敷。

地名の由来となった川沿いを人工的に整備した場所だが、桜並木の土手や菜の花畑は昔のまま人々を見守る。特に春は陽気な天候に導かれて、色鮮やかに着飾る草木。

けれど、現在は退屈な殺風景。秋雨に凍えた自然の生命は、無秩序にくすんだ鈍色《にびいろ》。

俺たちと酷似している。心情を表している。

鞘音から逃げ出し、残酷に見捨てた場所へ、こんな形で帰ってくるなんて。

幹や枝の骨組みだけを露出した桜並木の土手。

鞘音はそこで踵《きびす》を返し、為《な》されるがままの俺と相対した。

悪口、罵倒、嫌味《いやみ》、皮肉……そんな裁きでは許されない。許される世界などありはしない。鞘音の言葉を受け止めるのが、最後の償いなのだと。

五年後に再会した意味は、青春という美しいものではなく、罰ゲーム。

「どうして……」

言葉を紡ぎ出す鞘音。

その表情は鉄仮面ではなく――

「どうして……わたしを独りにしたの……」

頬《ほお》を流れ落ちるのは、雨粒に混ざった透明な雫《しずく》。

また、鞘音を泣かせてしまったのか。五年前と同じように、大好きな女の子を悲しませて、ずっと苦しませて。

「俺は……お前の隣にいるような器じゃなくて……」

「喋《しゃべ》るな!!　わたしが一方的に与える罰よ!!」

激昂《げきこう》した鞘音に胸ぐらを摑《つか》まれ、その場凌《しの》ぎの嘘や言い訳は掻《か》き消《け》される。

「働かなくてもいい!!　女遊びしたりギャンブルしたって構わない!!　わたしはそんなことで、大切な修を見放さない!!　でも……修に見放されたら……わたしは何もできない……もう、隣に誰もいないのは嫌だよ……限界だよ……」

そんなこと……ない。お前は立派に一人でも夢を摑《つか》んでいた――

「二人だから夢ができた……二人だから歩き出せたのに……後ろから支えるふりして……わたし一人だけ舞い上がって……馬鹿みたい………」

何も言い返すことができない――紛れもない事実が、残酷すぎて。

「……修がいなくなってから、音楽なんてやめようと思ったけど……独りでも歌い続ける意味を見出《みいだ》したの。とにかく有名になって、修と作ったあの曲を、大勢の人が聴いてくれたら……修の曲は凄《すご》いって……みんなが褒めてくれるんじゃないかって……」

知らなかった。俺は、知ろうともしなかった。

「だから、わたしは嫌な仕事もやった。わたしが書いた曲を、よく分からない大人ども《スタッフ》に弄《いじ》られながら……それでも、ひたすら歌い続けた」

やめろ。それ以上、聞きたくない。

耳を、塞ぎたい。

「失ってしまった好きな人に、大好きな修に、わたしの声を届けたかったから——」

それだけのためにお前は、傷ついて、心を殺して、ボロボロになって。

「心が折れそうになっても、わたしは頑張ることができた。会えなくても、同じ東京には修がいて、すぐ近くで繋がっているんじゃないかって……ひょっとしたら、応援してくれているんじゃないかって……そう思えたのに………」

鞘音は胸ぐらを摑む腕を震わせながら——

「どうして!!　あなたはモニター越しのわたしすら見ていないの!?　逃げ続けるあなたに向かって歌い続けた!!　叫び続けた!!　届け!!　届け!!　届けって!!」

喉奥に焦げ付いていた本心を吐き出す。

東京にいれば『ＳＡＹＡＮＥ』から、嫌でも逃げられなかった。街を歩けば街頭のモニターやコンビニから曲が流れ、大学にいけば同年代がＳＡＹＡＮＥの話題を出す。辛《つら》かった。他人の手で、俺の知らない鞘音になっていくのが。

メジャーとはいえ、全国的には新人。売れるために計算された曲を歌ったり、不慣れなバラエティや女優業をやらされたり……直視していられなかったんだ。

「……一度は捨てた地元に逃げ帰れば、苦しみから救われるとでも思った？　こんな面倒臭い拗《こじ》らせ幼馴染《おさななじ》みの面影を……振り払えるとでも思ったの？」

俺の沈黙は、もはや肯定を表すしかない。

日々、心が砕かれそうだった。

才能があれば、努力を怠らなければ、ほんの僅かな勇気さえあれば。

虚無感が精神を擦り減らし、外部からの情報を遮断。アパートの部屋にこもっていたら、いつの間にか大学を辞めてしまって……。

完全に失ったんだ、その場凌ぎの逃げ道を。鞘音を忘れるために縋《すが》った大学受験が終わり、精神的な逃避を絶たれた俺に残されたのは、果てない自責と後悔だけだった。

「……わたしがこうなったの……あなたのせいなのに」

「ごめん……」

「……〝麻薬〟みたいね、あなた。気持ちの良い幻想を見せたあとは、わたしの心を渇望させてしまう」

「本当にごめん……」

「……謝らなくていい。そんな麻薬に、わたしが〝依存〟しているだけだもの」

俺が罪を償うためには、死ぬしかない。

無駄に生き長らえることは、罪の塗り重ねでしかないから。

「ねえ、教えてよ……」

「えっ……？」

浅はかな思惑が見透かされていたからこそ、鞘音は未《いま》だに縋ってしまう。

綺麗《きれい》に築き上げられた過去の幻想を、いつか取り戻せると夢見て。

一つしかない。

鞘音の渇望を満たす方法は、たぶん一つだけだ。

「あなたと夢見た幻想の……忘れ方を教えて」

＊＊＊＊＊

「えーっとぉ……とりあえず、お風呂に入ったら？」

困惑を禁じ得ないのは、作務衣《さむえ》を着こなすエミ姉《ねえ》。

「ヤレヤレ、世話の焼ける奴《やつ》らダ。中世ヨーロッパなら死んでいたゾ」

怠《だる》そうに肩を竦《すく》めながら、ドヤ顔しているリーゼ。

全身びしょ濡《ぬ》れの俺と鞘音は、リーゼに連れられて三雲《みくも》旅館にやってきた。偶然にもエミ姉が勤務中のシフトだったらしく、俺たちを（困り笑顔で）出迎えてくれる。

まあ、びっくりするよな。突然、水揚げされた魚みたいな状態の知人が訪れたら。

「髪を拭くタオルだけ貸していただければ……」

遠慮する鞘音だったが、

「……くちゅん」

仏頂面に不似合いな可愛《かわい》らしい音が聞こえた。

「ほらぁ、くしゃみしてるぅ。風邪ひいたら大変だし、温泉入っていきなさい」

エミ姉の言う通りにしたほうがいい。痩せ我慢していても、鞘音が寒そうに震えているのは一目瞭然。実家まではチャリで帰らなくてはいけないし、雨宿りさせてもらおう。

だが、鞘音の発想は一味違った。

「エミリィさん、代金は払うので一晩だけ泊まってもいいですか？　二人一部屋で構いません」

借りたタオルで髪の毛を拭きながら、そう問いかけた鞘音。

「平日だから二人部屋も普通に空《す》いてるんだけどぉ……二人で泊まるの？　同じ部屋で？」

「……勘違いしないでください。合宿です。わたしがいないと、こいつは怠けるので」

こいつ？　こいつとは……誰だ？　いや、メンバー的に予想はつくけど。つくけどさ。

鞘音が俺を後日《しりめ》にしているということは——

「俺も泊まるの……か？」

「……合宿なんだから、当たり前でしょ。修の家でやろうと思っていたけど、こうなったらここでも構わないわ」

「お金ないんだけど……」

「……ニートに割り勘なんて期待してない。わたしが立て替えるから」

な、情けねぇ男だ……。ただのヒモじゃないか……。

「エミリィお姉ちゃんに任せて！　最高の一夜にしてあげるねぇ♪」

なぜか声色を弾ませるエミ姉に腕を引っ張られながら、半ば強引に旅館の奥へ。

エミ姉のご厚意により、貸切露天風呂を使わせてもらえることになった。ここの露天風呂は初めてだけど、他の一般客は入れないから、静かに疲れを癒《いや》すには最適らしい。

なんにせよ、長湯をしていると鞘音に怒られそうだ。

男側の脱衣所で湿った衣服をさっさと脱ぎ、申し訳程度のタオルを腰に巻き、露天風呂へと足を踏み入れる…………も、

「えっ？」「えっ？」

直後に入ってきた女性と視線が合い、同じ平仮名一文字を漏らした。鎖骨のやや下からタオルが巻かれているとはいえ、女性から伸びる太ももや肩は無防備。

冷えた外気の効果で濃霧となった湯気が、余計に艶《なま》めかしい。

ミディアムな髪の毛はヘアゴムで纏《まと》められ、新鮮なポニーテールに見惚《みほ》れてしまう。

「……変なこと考えないで、えろ男」

「いやいや、えっ？　どうしてお前が？」

「……それはこっちのセリフ。どういうことなの……？」

屋根つき露天風呂で遭遇したのは鞘音だった。

お互いに状況確認の処理が追いつかず、タオル一枚姿のまま視線を逸《そ》らすしかない。

「ウチの貸切露天風呂は、家族とか夫婦、恋人向けの用途だからぁ♪　ごゆっくり！」

おいっ！　エミ姉、それ言うの遅すぎるんだけど！

女性側の脱衣所から一瞬だけ顔を覗《のぞ》かせたエミ姉は、青い瞳をキラッキラに煌《きら》めかせながら仕事に戻っていった。

「エミ姉……絶対に何か勘違いしてるよな？」

「……ええ、だいたいの見当はつくけどね」

たぶん、俺と鞘音が仲直りした勢いで一夜を過ごす……みたいな、煩悩めいた勘違いをしているんだろう。すぐに修復できるような生易しい亀裂じゃないのに。

いや、俺らがちゃんと説明しなかったのも悪いけど……この状況、どうしよう。

「……時間がもったいないし、さっさと入りましょ」

こいつは平常通り、澄ました冷静さを保っている。

泥で薄汚れた身体《からだ》を洗うべく、洗い場へ座った鞘音だったが、

「……きゃっ⁉ ちべたっ⁉」

冷水のシャワーが降り注ぎ、悲鳴をあげていた。あいつ、内心はめちゃくちゃ緊張していたりするんじゃ……？ 心なしか、頬が赤い気もする。

というか、身体を洗うということは、タオルは取らないといけないわけで？ えっ？

「……じろじろ見ないで。湯船にでも浸《つ》かってろ」

「はい」

悍《おぞ》ましい形相で威嚇された……。

できるだけ鞘音を視界に入れないよう、鈍く濁った温泉に浸かりながら、正面の庭園を眺めていた。周辺に囲いがあるため、外部からは見えないようになっている。

木霊する雨音は止《や》まない。鞘音が身体を洗う音も、執拗《しつよう》に鼓膜を擽《くすぐ》ってくる。意識するな。意識するな。小さい頃は、一緒の湯船に浸かったじゃないか。

さっき、数秒だけ瞳に映った幼馴染みのタオル姿。胸部の膨らみは豊満ではなかったけ

ど、引き締まったボディラインと、瑞々《みずみず》しい純白肌に吸い寄せられそうだった。

シャワーの気配が止む。

ふと、水が跳ねるような生々しい反響音が聞こえたと思いきや、湯船に張られた温泉が波打った。俺の背後で、どんな事態が起きている……？

「……振り返らないで」

俺の行動を予見したのか、鞘音が釘《くぎ》を刺す。

「……タオル外してるの」

「ああ、タオルを湯につけるのはマナー違反だもんな」

松本修《まつもと》よ。マナー違反だもんな、じゃねぇ！

気取った物言いに徹したけど、こちとら理性が爆発寸前なんじゃあ……!!

全体的な状況と雰囲気で推測する。湯船に入浴してきた鞘音が、俺の背後あたりに腰を下ろし、湯に浸かっているのだ。

「…………」

「…………」

二人揃《そろ》って無言だから、雨音がなおさら煩《うるさ》く感じる。

どっ、どっ、どっ……やけに速い自分の心音も数えられるくらいだ。

チラッと背後を確認すると、華奢《きゃしゃ》で美しい背筋が瞳に焼き付いた。俺たちは背中合わせで体育座りの体勢になっているらしい。もちろん、お互いが全裸。

珍しくポニテだから、普段は晒《さら》さないうなじが……大変優美だったな。

「……変なこと考えてるでしょ」

「ノーコメントで」

やけに鋭い。

「……ねぇ」

「なんだ？」

「……明日は、何の日か分かる？」

表情は窺《うかが》えない。

でも、恐る恐るといった微弱な声色なのは察せる。

「お前の誕生日だろ」

「……それじゃあ、中学の頃に交わした約束は憶《おぼ》えてる？」

「進む道に迷ったときは、あの場所で会うこと。鞘音の誕生日に、俺が作った曲をプレゼントすること……忘れるわけがない」

どちらも、破ってしまったけれど。

「……旅名川を離れる前に、約束を叶《かな》えて欲しいの。そうすれば、わたしは修の存在を断ち切れる。心残りなく、SAYANEに戻ることができるわ」

「お前は……独りでも進んでいけるのか？」

数秒の雨音を挟んだあと――

「……ええ」

鞘音は微《かす》かな肯定を絞り出す。

「明日……最終の新幹線に乗るから」

独り言のように、彼女はそう呟《つぶや》くが、見送りを求めているわけでもあるまい。

どうすればいいのか……反応に苦慮してしまう。

「地元に留《とど》まるわけには……いかないのか？　あと一ヵ月……いや、一週間でもさ」

馬鹿か。

「わたしを待っている大勢のファンやスタッフがいるの。これ以上、小娘の気まぐれで振り回すわけにはいかないわ」

そう答えるに決まっている。

たかが素人のガキ臭い無知なワガママは、天才を戸惑わせるだけだ。

「だから……残り僅かだけれど、五年前みたいな関係に戻りたいなって」

分かった。それが、桐山鞘音としての最後の甘えなら――

「お前が望むなら……やってみせる。今度は、鞘音だけのために」

好きな女の子のために、松本修は遅れてきた青春を捧《ささ》げるよ。

俺の返答を受けた鞘音は、慎《つつ》ましい水音と共に起立。お湯を切り裂くような、くぐもった足音が遠ざかり、背後に感じていた鞘音の気配は消えた。

どんな表情をしていたのだろう。

俺には知る術《すべ》が、ない。

冷え切った身体を湯煎したら、次は本格的な曲作りの始まり。

母さんにキーボード類やノートパソコンを旅館まで運搬してもらい、オーソドックスな和室の二人部屋は幼馴染《おさななじ》みだけの空間と化した。

汚れた私服はエミ姉が旅館で洗濯してくれているため、俺たちの格好は浴衣。合宿の夜みたいな様相になりつつ、鞘音と共に一曲を組み上げていく。

少しずつ、少しずつ、鈍間《のろま》な亀と大差ないペースだけれど……二人が描く旋律の欠片《かけら》を、火照《ほて》った指先で繋《つな》ぎ合《あ》わせていった。

ごめんな、愛機の MOTIF-ES7。狭い押入れに五年も閉じ込めて、埃塗《ほこりまみ》れになって、苦しかっただろ。もうちょっとだから、青春のロスタイムに力を貸してくれ。

松本修という存在を、小さな夢を語り合った幻想を、鞘音に忘れさせるために。

届けられなかったものを、あの頃と同じ距離感で、紡ぎ出していこう。

「ああ……ギター……ギターがあれば……もっと痺《しび》れるフレーズが……うう……」

ギターが無いため、鞘音は手持ち無沙汰な様子だったが、

「リーゼの聖剣を貸してヤル。ありがたク思うノダ」

途中でリーゼがアコギを貸しに来てくれた。

エミ姉から話を聞き、わざわざ気を遣ってくれたんだろう。本当に凄《すご》いスーパー幼女だ

よ、救世主様《メシア》は。いったい、どこの最高な両親に育てられたんだか。

「失礼いたします。お食事のご用意ができましたぁ」

うおぉ……噂《うわさ》をすれば、笑顔が美しすぎる母親の登場。地元産の野菜や海沿いで採れた魚の和食が、御膳に乗せられながら運ばれてくる。

もてなしを受けたい……受けたいけど！

「お気持ちは嬉《うれ》しいですけど、俺たちは夕飯より作曲を進めないと。なぁ、さや――」

「リーゼちゃん美味《おい》しい？　美味しいね？　よく噛《か》み噛みして、はい、ごっくん♪」

うん。食べるか、俺も。蕩《とろ》けた顔でリーゼにご飯を食べさせているロリ山さんを目撃したから、俺は深く考えるのを諦めた。もうやけくそ。

うめぇ！　三雲旅館の料理、こんなに秀逸だったのか！

金目鯛《きんめだい》の煮付け！　山菜の天ぷら！　ミニサイズのすき焼き！　小皿に添えられた刺身！　幼馴染みの金で食べる旅館飯は魔性の味だぜーっ！

「修くん」

「なんですか？」

「敷くお布団……一枚でいいかなぁ？」

「二枚お願いします」

悪戯《いたずら》に口元を綻ばせながら、エミ姉は一先《ひとま》ず退散していった。

あの人、この状況をかなーり楽しんでないか？　風呂の件もそうだが、変な方向からアシストしようとしてくるし。

「はいはいー♪　暗いから気を付けて、ね？　悪い人がいたら防犯ブザー鳴らすんだよ？　お姉ちゃんがやっつけるからね～♪　はーい、バイバーイ♪」

夕飯の時間が終わり、自宅へ引き上げていくリーゼを部屋の窓から見送った。

すると、五秒前まではロリ山さんモードだったのに――

「修、お遊びは終わりよ。集中してくれないと困るの」

瞬時に瞳を研ぎ澄まし、アーティストへと変貌するのは流石《さすが》としか言いようがない。

ただ、遊んでいたのはお前だぞ。

ここからはノンストップ。俺たちに不可能はない。二人が揃《そろ》えば、どんなことでもできる。身体が発する赤信号なんて無視すればいいだけだ。

根が腐っても、成人元年と間もなく成人。多少の無理で死にはしない。夜更かし・徹夜は当たり前なのが青春時代ってもんだろ。

鞘音が思い描く景色と、俺が思い描く景色。まったく異なる感受性を融合させ、ほろ苦く、そして甘酸っぱい過去が一つの線になって蘇《よみがえ》る。

近すぎる二人が歩いてきた道のり、擦れ違い、挫折、別れ、孤独……生々しくも具体的な詩と、それらを導く光源となる音色。

再会した二人がどうなるのか、未来はどちらも知らない。だけど、創作の中くらいは、幸せな結末にしたって良いだろう。ハッピーエンドでも、文句は言わせない。

売れるとか、赤の他人に受け入れられるとか、スタッフやお偉いさんの方針とか、外野の不純物は一切存在しない、二人だけの世界。

だって、これは誕生日プレゼント。

好きな人にだけ、送るものだから。


無我夢中になっていたら、ふとした瞬間に陽光が射《さ》す。

部屋の時計は、早朝の五時半……体感的には三十分程度だったけど、かなりの時間が経過していたようだ。雨音は一切無く、冷感による身震いが眠気を打ち消す。

いったん、意識が普段通りになったためか、肩に乗った心地良い重量感に気付く。

「すう……すう……」

記憶を何年先まで遡ればいいのだろうか。

あどけない寝顔の鞘音が、俺の肩に寄りかかっているなんて。こんなに無防備な幼馴染みは、久しぶりすぎる。こっそり悪戯したいほど、ガードの緩さにほのぼのしてしまう。

「……んっ」

怠《だる》そうに瞳を擦《こす》りながら、眠り姫が目覚めた。

「おはよう、鞘音」

「……記念すべき二十歳を、あなたの隣で迎えることになるなんてね」

不本意そうに眉をひそめながらも、

「……修、あと五分だけこのままで……いたい」

「ああ、好きにしてくれ」

中学の頃とは、真逆になった懐かしいやり取り。

「おめでとう、とは言わないよ。あのときの約束を果たすまでは」

「……待ってる。楽しみに……待ってるね」

永遠に続けばいい。今だけの五年前が、遅れてきた青春が、この瞬間が。

静かすぎる早朝の肌寒い部屋は、全世界が凍りついたかのよう。でも、秒針が五周するのを防ぐ手段はない。一定の間隔で時を刻む時計の針は、絶対に止まらない。

確実に迫っている——俺たちの別れ。

終わりが近い有限の青春で、やり遂げなければいけないことが残っている。

「最後までやり遂げよう」

「うん……わたしたちなら、どんなことでもできる」

お互いの体温と感触がゆっくりと離れ、各々の愛機に向かう。

取り柄もなく、度胸もなく、逃げてばかりのクズだったが、最後に笑って死ねる資格が欲しい。暗闇に迷い込んだ鞘音を、おぼろげな光で導こう。

そのために、人生を捧《ささ》げよう。

やっと、俺の生き様は『意味があった』と確信したんだ。

徹夜明けの影響だろうか……順調に描いていた情景が濁り、音で紡いでいた物語は断片的に抜け落ちる。若いつもりだったけど、やっぱり中学時代と比べては駄目だな。雨に濡《ぬ》れたせいで、風邪でも拗《こじ》らせたか……？

鍵盤の白黒が複雑に歪《ゆが》む。

勘弁してくれ、こんなときに。左手の指先が震えて、不協和音になってしまう。

最高の一曲を……作るんだ。

鞘音に……喜んでほしい……から……。

骨組みができたMIDIに詳細な打ち込みを施し、キーボードの音はパソコンに接続して録音。更なる編集により調整を加えた後、一般的な音楽ファイルに変換させる。

鞘音のスマホに完成した新曲を転送し、俺の役目は終了した。

「……お疲れ様」

もらった労《ねぎら》いの一言が、果てしなく遠い。

褒めてくれる鞘音の表情が……世界から欠けてしまう。

無邪気に喜んでくれる顔が……見たかったのに……。

昼前に旅館をチェックアウトするも、身体《からだ》の異常は赤信号のレベルどころじゃない。

──不規則に欠落する視界と、混濁する思考回路。

暑くもないのに、異様なほど滲《にじ》み出《で》る脂汗と突き刺すような頭痛。

「河川敷に行きましょう。歌詞を振ってから、修のために歌ってあげる」

今夜、地元から離れる鞘音に、余計な心配をかけさせるわけには…………目の前に停《と》めてあるチャリに乗れ。爽やかな秋空の下で、早く歌ってほしいんだ。

動け。動けよ。小学生でもできることが、なぜできない。

「…………っ……た……」

「修……？」

声が、届かない。

こんなに近くにいるのに。

楽しみにしてる——その一言が、零《こぼ》れ落《お》ちない。


ふざけるな。

神様とやらは、持ち上げてから盛大にぶち壊す性癖でもあるのか。

底辺人間を好き勝手に弄《もてあそ》んで、満たされるのか。

忘れさせやがって。走馬灯のアルバム作りにしては、演出が過剰すぎる。

間違ってんだよ。ゴミ処理用に埋め込まれた時限爆弾のタイミングが。


せっかく、人生に希望を見出《みいだ》せるようになったのに。

ようやく、約束を果たすために走り出したのに。

いつ死んでもいい……こんな戯言《たわごと》は、土下座で撤回させてくれ。

俺は――――

生きたい。

真っ暗にフェードアウトしていく。
最後に映したのは、俺に向けて必死に叫び続ける鞘音の姿。
その声は次第に遠のき、鮮やかに色付いていた世界は、完全な無になった。

# 最終章　遅れてきた青春の果てに

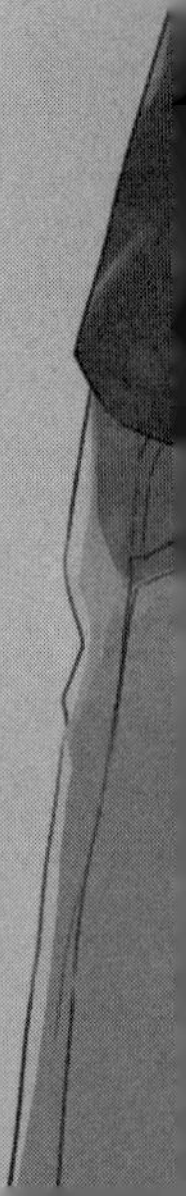

世界の色を緩やかに取り戻し、朦朧《もうろう》としていた意識が徐々に覚醒する。

遅れてきた青春は——終わった。そう悟らせたのは、薬臭い空間に運ばれたのを察したからだ。さっきまでの光景は夢じゃない。夢なんかで済ませない。

感覚を取り戻した指先は、完成させた曲を描くことができる。鞘音《さやね》からもらった言葉の一つ一つを、鮮明に思い出すこともできる。

しかし、強制的に終わったのだ。とっくに忘れていたゴミ処理用の爆弾によって。

無数のベッドと、医療器具に囲まれた処置室。すぐ側《そば》で医師と母さんが会話しているのは、おぼろげながら分かった。恐らくここは、先日も訪れた春咲《はるさき》総合病院。

俺は生きているらしい。ベッドに寝かされてはいるが、普通に呼吸はできるし身体《からだ》も動く。多少の頭痛は居残っているものの、体調はだいぶ安定したみたいだ。

拗《こじ》らせた風邪……ではない。自分の身体だ。自分が一番理解している。医師が淡々と病状を説明してくれるが、大半は先日の診察結果と類似した小難しい単語の組み合わせ。

このまま日帰りできる程度には容態も回復した、という報告だけで構わない。

俺は上半身を起こし、ベッドサイドへ腰掛けた。

「おいおい……大丈夫かよ？」

医師から許可を得た母さんが、血相を変えながら駆け寄ってくる。

「もう元気だから。心配かけてごめん」

「はぁぁあ……世話が焼けるぜ。お前が倒れたって聞いたから、マジで焦ったたっつーの」

胸を撫《な》で下《お》ろしたのか、肺の酸素を根こそぎ吐き出した母さん。作業着姿ということは、職場から直行してくれたのか。迷惑や心配ばかりかけて頭が下がる。

「そういえば、このことを誰から聞いたの？」

「桐山《きりやま》んちの鞘音ちゃんに決まってんだろ。あの子が救急車を呼んでくれて、アタシの職場に連絡してきたんだから、あとで礼を言っとけ」

そっか、あいつにも迷惑をかけたな……。

「さっきまで鞘音ちゃんもロビーで待ってたんだが、修《しゅう》が倒れた原因を説明したら安心したみたいだったぞ」

「あ、安心？　どんなことを言ったの？」

「昼夜逆転した不規則な生活と睡眠不足が招いた高血圧。お前、最近は割と忙しかったみたいだし、説得力はあるよな？」

もちろん口から出任せ。鞘音に過度な不安を与えない、という母さんなりの配慮だ。

「あの子、怒ってたぞぉ。『余計な心配かけるな馬鹿って伝えてください』だとさ」

怒り顔が容易に想像できる。エミ姉《ねえ》のレッスンを受けたり、徹夜で曲作りしたりと、睡眠不足なのは事実とはいえ、心配してくれる人がいる——それが、なによりも嬉《うれ》しくて。

俺の人生は、自分だけのものじゃない。

大切な人たちに支えられて、俺はこの二十年を生きてきた。

ゴミクズとか底辺とか、勝手に括《くく》って卑下できる安っぽい代物じゃないんだ。

感謝するのが遅すぎる。今さら自覚したのかよ……情けない、本当に。

「それで……鞘音は？」

「さっき、電車で実家に帰った。顔は見なくても大丈夫、とかで」

淡泊なところは実に鞘音らしい。東京に帰る当日に、病院まで付き添ってもらったことが申し訳なさすぎて。

「荷物をまとめたら東京に戻るらしいじゃんよ。電話でもしてやったらどうだ？」

「あいつの携帯番号、知らないから……」

「あらら、くそヘタレ息子だな」

ぐわぁああ……会心の言葉が心臓を一突き。くそヘタレ息子でごめんなさい。

「あと、これ預かったぞ。修に渡してくれって」

母さんから俺の手に置かれたのは一枚のピック。中学生の小遣いで買えそうな安っぽいデザインは、当時とまったく同じで。

「俺が渡したやつだよ、これ……」

見覚えのある三角の物体は、誕生日プレゼントの担保として渡したもの。目を凝らすと、新品同様ではなかった。使い古したと思われる小傷が、無数に刻まれていたのだ。

こんな安物を、大事に使っていたのか……。

本物のプレゼントを受け取る日が来るまで……そんな運命が巡ると信じながら。

「もちろん、お前の不調は睡眠不足なんかじゃねぇ。今回は軽度の症状で収まったらしいが、危険の前兆みたいな感じだとしてもおかしくはねぇんだよ」

若干、語気を強めた母さん。

「このまま放置すれば……徐々に悪化していくだけだ。手術をしても完治はないし、後遺症は残るかもしれねぇが——」

再発や後遺症のリスクは一生付き纏《まと》う。

母さんは平常な面持ちを保とうとしていたが、瞬間的に唇を噛《か》み締めた。

「でもな……生きられる。お前が生きていられる可能性は、間違いなく上がるんだ」

俺の手を取り、母さんは自らの両手で覆《おお》い被《かぶ》せた。

この感触も懐かしい。父さんが死んでからは、母さんが俺の手を握ってくれていた。幼かった息子を、絶対に離さないように。

記憶に残る手触りより、やや硬くなっているけれど……父さんの代わりに、俺を育ててくれた苦労の証《あかし》。そんな一人だけの母親を、胸を張って誇りに思う。

「病名は違うが、姿が被《かぶ》るんだよ……死んだ旦那と」

「父さんと？」

「あいつも最初はヘラヘラしてたんだ。自覚症状があった頃には手遅れで……そこからはあっという間だったな……」

何が〝あっという間〟だったのか、明言されなくても察してしまう。

「だが……最後まで笑顔は絶やさなかったぜ。昔から甘ったれで、滅多《めった》に怒らない奴《やつ》だったけど……優しかった。中学で怖がられていたアタシに、気兼ねなく話しかけてきた時点で物好きな馬鹿なんだけどな」

「友達いなかったの？　母さん、旅名川《たびながわ》祭りで同級生に囲まれてたじゃん」

「旦那のおかげだよ。担任の杉浦に唆《そそのか》されたあいつがバンドに誘ってきて……仕方なく文化祭で演奏したら、なんかクラスの連中も話しかけてくるようになったたっつーか」

「父さんと教頭の計算だったのかな。学校生活に溶け込みやすくするための」

「分からねぇが……あの二人なら考えそうなこった。お節介過ぎんだよ、腹立つくらい」

言葉とは裏腹に、母さんは険しげな表情を緩和させた。こうして母さんが過去を話してくれたのは、たぶん初めて。

エピソードの数々が新鮮味に溢《あふ》れ、母さんの初々しい青春が垣間見《かいまみ》えた。

「旦那が亡くなったとき、あの温厚な杉浦に叱咤《しった》されたんだ。毎日泣《な》き喚《わめ》いて、酒や煙草《たばこ》に溺れるアタシを見ていられなかったんだろうよ」

脳裏に蘇《よみがえ》ったのは、父さんの葬式に参列していた教頭の声。


絶望している暇なんてない。依夜莉《いより》には守らないといけないものがある。

思い出せるのは部分的な回想だけど……この台詞《せりふ》だけは絶対に言っていた。

母さんが酒や煙草をやめたのは——幼かった俺のため。

「アタシは心が弱い。旦那がいなくなって、辛《つら》さから逃げたかった。でもな……お前がいてくれたから、アタシは立ち直ることができたんだぞ」

母さんの台詞が次第に湿り気を帯び、節々が霞《かす》んでいく。

「ついこの間までは『生きろ』なんて言えなかった……！　自分の人生なのに、お前は他人事《ひとごと》みたいに無関心で……ちゃんと生きてるのに、死んだような目をしやがって！」

数日前までの俺は、ゾンビみたいな酷《ひど》い顔をしていたのだろうか。

「……だけどよ、久しぶりに正清《まさきよ》たちとつるむようになって、鞘音ちゃんのために頑張って……楽しそうなツラを見せてくれるようになったんだぜ」

楽しそうな、じゃない。たぶん、素直に楽しかった。

この一週間が、嘘偽《うそ》りなく幸せだったんだ。

「だから……言わせろ！　勝手に人生諦めてんじゃねぇ！　親孝行も初孫も期待しねぇからよ……ただ、元気な顔を見せてくれよ……。アタシの話し相手に……なれよ！　お前までいなくなったら……アタシは……どうすりゃあいいんだ」

「母さん……」

「親より先に死ぬなんて、絶対に許さねぇからな!!」

怒りというよりは、哀願。以前は晒《さら》さなかった潜在的な弱さ。母親としての貧弱な内面が、溢《あふ》れ出《だ》して抑えきれていない。

今思うと、俺の病気が発覚してから、母さんは無意識に弱さを露呈していた。やめていた酒と煙草に縋《すが》ったのは、底知れぬ不安や喪失感から逃避するため。息子に甘くなったのは、失った父さんの代わりを担おうとしていたため。

俺がいなかったら、鞘音や母さんはどうなってしまうのだろう。


軽トラに揺られる帰路では、父さんとの惚気《のろけ》話をしてもらった。

思い出すと辛い。だから、母さんは過去の話題を十数年も封じ込めていた。

アタシとお前はやっぱり親子だなぁと、母さんに茶化《ちゃか》される。目を背けたい過去を、記憶から消し去ろうとしていたところが似ている……とか。

その通り、俺と母さんは似ているよ。

甘酸っぱい青春の味が忘れられない。大切な人を失ってから、もっと好きになる。隣にいないだけで、すぐに自分を見失う。そして、駄目人間と化す。

俺たちはこんな親子だ。

それでも、再び立ち上がることができる。足りないものを補う存在によって。

車窓からの風景は一面の黒。軽トラのヘッドライトと心許《こころもと》ない街灯が、最低限の進路を照らしているだけ。それでも、徐々に近づく旅名川を感じ取れる。

数日前は見たくもなかった。こんな闇夜で永遠に隠れていてほしかった。みっともなく身を屈《かが》めながら「ご近所さんに見られたくない」とか抜かして。

今は……違う。

この町に鏤《ちりば》めた面影の欠片《かけら》を、自分から探そうとしている。

俺の人生は、ロスタイムどころかスタートライン。

「俺さ……意識を失う前に願ったんだ。生きたい――って」

大切な人たちの隣を、もう一度歩き始めるために。

「手術を受けるよ。こんなに楽しくて、大好きな人がいる最高の人生だから」

＊＊＊＊＊

実家に到着すると、すでに午後の八時近く。

鞘音が乗ると言っていたのは、最終の新幹線。あと三十分もすれば、春咲駅行きのローカル線が旅名川駅に到着してしまう。

俺は自室で鞘音のことだけを延々と考えていた。刻一刻と別れが近づいているのに、最初の一歩を踏み出せない。

今のあいつは、プロとして背負っているものがある。鞘音個人の意思だけでは大人の柵を覆すことはできないし、本人も……そう言っていたはずだ。

でも、鞘音の気持ちはどうなのだろうか。

病院で会おうと思えば会えたのに、鞘音は一足先に立ち去った。俺の顔を見たくない、からなくて。

と言わんばかりに。

病院まで付き添ってくれたのに、旅立つ前は会わない──彼女の心理は、彼女にしか分からなくて。

答えは誰も教えてくれない。自ら行動し、探し出すしかない。

最後の踏ん切りがつかず、自室で悶々《もんもん》としている間に、現時刻は八時二十分。

あいつが旅名川を離れるまで、あと十一分。時計を確認している途中にも一秒、また一秒と刻まれていく。旅名川駅まではチャリで十分もかからない。

床に根が張った両足を踏み出せれば、の話だが。

こっちから会いに行く口実はある。倒れる直前に聞こえた〝あの言葉〟は、幻聴なんかじゃない。そんな安っぽい勘違いで終わらせたくない。

修のために歌ってあげる──この口約束はどうなるのか。俺は五年越しながら……約束を果たすことができた。遅すぎた誕生日プレゼントを渡せたんだ。

鞘音は五年後に歌ってくれるのか？

身勝手だけど、俺は待つことができない。今日別れてしまったら二度と会えないと、直感が煩《うるさ》く叫ぶ。逃げる奴の思考回路は、俺が痛いほど身に染みているんだぞ。

鞘音が俺に会う理由は、もはや無い。

依存を、渇望を、完成した新曲で満たすことができたなら。

だけど、今度は反対。俺に伝染した〝渇望〟が止めどなく溢れ出す。

こんなに会いたくて、声が聞きたくて、鈍痛に胸が締め付けられる。依存してしまうと、こんなにも相手のことしか考えられないのか……!!

あいつは待ち続けた。遠くに離れても、意思を叫び続けた。回りくどく、我慢し続けていた。俺は絶対に待てない。遠くから叫ぶなんて、まどろっこしい真似《まね》は無理だ。

せめて、サビだけでも聴かせてくれ。

言いたいことがあるなら、率直な声を発してくれ。

抱いている喜怒哀楽を、直接伝えてくれ。

俺も、勇気を出して伝える。嘘偽りなく、お前への想《おも》いを打ち明けるから。

こっちから会いに行く。

頼まれなくても、迷惑でも、勝手に出向く。

逃がさない。かつての逃亡者を模倣するなんて百年早いんだよ。

俺は——お前を掴まえてみせる。

「そういえば……！」

ふと思い立った俺は、自室に置かれていた学習机の引き出しを漁《あさ》る。

捨てていないはず。捨てられなかったはず。

キーボードと同じく、処分できなかった思い出の欠片が……。

「あった！」

経年により、多少劣化したメモ用紙。表面に書き殴られていた十一桁の番号。

あいつが教えてくれたじゃないか。携帯番号知らないから……じゃねぇよ、くそヘタレ息子。辛いから忘れようとしていただけだろ。

鞘音がどんな想いで連絡先を渡したのか、知ろうともしなかったくせに。

もう逃げないと誓った。

松本《まつもと》修は、桐山鞘音と真正面から向き合うと決めた。

すべてをかけて、隣を歩き続けると決めたんだ。

自らのスマホにその番号を入力し、発信ボタンをタップする。

耳奥に木霊するのは、数回のコール。

………。

……。

途切れた。

画面は通話中に切り替わっている。

周囲の雑音らしきものは聞こえるが、通話相手の音声は皆無。

「………………」

初電話は、完全な無言。

もしかしたら、とっくに番号が変わっているかもしれないけど。

「俺は……お前に東京へ行ってほしくない！　今から迎えに行くから……！」

無言から無音へ。

かろうじて交わった通話は一方的に切られた。

ローカル線の発車時刻まで十分も残されていない。

あいつが旅名川からいなくなる。

必死に手を伸ばしても、届かない距離になってしまう。

「遅いんだよ……俺は、いつもいつも！」

髪の毛を乱雑に掻《か》き毟《むし》り、自分への鬱憤を募らせるしかない。いったい何度、同じ過ちを繰り返すのか。肝心なところで臆して、傷つくのを恐れてしまう。

近づいて、離れて、また近づいて、離れる……こんなのばかり。

自ら手放しておいて、こんな願望がおこがましいのは百も承知。それでも、願わずにはいられない。

鞘音の隣に並び立たせてくれ。これからは、もっと頑張っていくから。

「一度くらいは……！　最後までやり遂げて見せろ……！　松本修っ!!」

自分自身に喝を注入しながら、実家の廊下を疾走。

小汚いスニーカーを足裏で攫《さら》い、玄関から外へと飛び出す。

一応は倒れたばかりの病人という立場。あとで怒られないよう【鞘音に会ってくる】というメッセージを母さん宛てに送信すると、すぐに届いたのは母さんらしい返事だった。

【恋には早いも遅いもねえ。派手にぶちかましてこい】

こう背中を蹴り出されたら、がむしゃらにチャリを走らせるしかないじゃん。漕《こ》ぐペースに連動し、点《つ》いたり消えたりするライト。暗闇の田舎道に漂うチャリの心許ない明かりはさしずめ、飛び交う蛍のよう。

旅名川駅までは十分もかからない……というのは、あくまで道のりが平坦《へいたん》だったら、だ。実際には五百メートル近い距離の上り坂がラストに待ち構えて、元チャリンコ暴走族の心臓を破りにかかってくる。

「はあ……はあ……はっ……」

太ももの裏が攣《つ》りそうになり、痛みと硬直が波打つ。第一波、第二波と疲労の大波が全身を覆い尽くす。身体《からだ》の軸がぶれ、真《ま》っ直《す》ぐな最短距離を走行することができない。

あいつは電話を切った。ど田舎とはいえ、電波は普通に良好。機器の問題や自然現象により切れたのではなく、向こうからの拒否ということ。

会いたくない。そんな無言の意思表示に思えた。

あいつは自らを「構ってちゃん」と卑下していたが、俺も……同類だよ。会いたくないなんて言われたら、一方的に逃げられたら、もっと好きになってしまう。求めてしまう。

好きな女の子に構ってほしい。

直接話せる距離にいてほしい。

お前の意思表示を跳ね除《の》ける自己中心な勇気がほしい。

五年前には迎えに行くことができなかった。

待っていてくれたのに、逃げ出してしまった。

「………っ！」

推力が停滞してしまったチャリは左側へよろめき、転倒の寸前で片足を突く。肩を上下に激しく揺らしながら、酸素を肺に送り込む。

中学生の体力だったら、とっくに間に合っていただろうか。心の中は前に、ひたすら前に進んでいるのに、身体が付いて来ないなんて。

心が死んでいた頃と、真逆になってしまう。行けるのに、行かない。行きたいのに、行けない。そんな皮肉などいらないんだよ。

「お前が待っていてくれるなら……俺は……行く……から……！　鞘音ぇえええ……」

冷たく乾燥した秋の夜。

カラカラに砂漠と化した喉から、二酸化炭素混じりの掠《かす》れた絶叫を吐き出す。

誰も応答してくれない坂道の頂点に向かって。

腑《ふ》抜《ぬ》けながら蛇行していたチャリは、すでに止まりかけているのというのに。

発車時刻なんて、もう絶対に過ぎているのに。

「くっ……」

再び漕ぎ始めた足に力が入らず、チャリごと転んでしまう。擦《す》り剝《む》いた肌の痛みなど味わう余裕もなく、チャリを無理やりにでも引き起こす。

「はあ……はあ……」

怪我《けが》をしても、病気でも、疲労困憊《ひろうこんぱい》でも、未《いま》だに身体は動いてくれる。

生きている限り——お前のところに行くことができるから。

逃げ出す、引き返す、という過去の選択肢を、今では鼻で笑えるのだ。


……やかましい。


徐々に接近してきたのは、重低の排気音と軽快なヒップホップ音楽。旅名川駅方面から差し込むヘッドライトの発信源が誰なのか、わざわざ運転手を確認しなくても分かる。

あの人は昔から親友みたいで、頼れるヒーローだった。

路肩に駐車した黒のワンボックスカーが、パワーウィンドウを開けてくる。

「よう、チャリンコ暴走族。調子はどうだ？」

「……たった今、失恋したばかりだよ」

「ちっげーよ。体調不良で倒れたんだべ？　救急車も来たし、ご近所の噂《うわさ》になってると」

「大したことなかった。慣れない早起きと睡眠不足が重なってさ」

こんなのはご挨拶。トミさんがこのタイミングで来た理由は、すぐに理解できた。

「さっき、エミリィとリーゼも連れて鞘音の見送りしてきたど」

「そっか……」

「鞘音に電話かけてきたの……お前だべ？」

……お見通しか。流石《さすが》はトミさんだな。

「電話を切られた。間に合わなかった……遅かったんだよ」

涙声で俯《うつむ》きながら落ち込む後輩を見て、厳《いか》つい先輩は呆《あき》れを混ぜた溜息《ためいき》を漏らす。

「ホントに面倒くせぇなぁ。超奥手なくせに独占欲が強くて、気ぃ遣いだから建前ばかり上手《うま》くなりやがる」

「そうだね……自分の性格は一番よく分かってる」

「いいや、お前じゃなくて鞘音のことだぜ。俺の目が正しければ、今のあいつは本音を隠してっから」

ぶつけてほしいんだ。

「発車した電車の中で、少しだけ泣いてたんだど……あいつ」

鞘音の本音を。

「直接、聞きに行くべさ。今から、あいつの想いを」

「トミさん……」

この人は昔から悪知恵の働く男だった。

旅中《たびちゅう》に連れて行かれた俺が、鞘音と再会したのは偶然なんかじゃない。

「借りは返すのが男ってもんだ。今度は俺が〝お前らの青春〟を応援してやるよ」

鞘音の母さんが、あいつの居場所を教えていたとしたら——必然。

格好つけた顔で言い放ったのは癪《しゃく》だが、俺は迷わない。ナイスタイミングの粋な恩返しに感謝し、着の身着のまま、チャリを歩道に放置。助手席に乗り込んだ。

地元に救われて、地元の大切な人たちに励まされて、俺は少しだけ変わることができたから、時間稼ぎはここで終わり。

臆病で失った五年前を補完する青春の余命《ロスタイム》を駆け抜けよう。

最後まで足掻《あが》いて、立ち向かって、試合終了前に逆転してやろうじゃないか。

発進した車の目的地は春咲駅。新幹線の発車時刻まで、あと四十分を切っている。旅名川から春咲駅までは、車だと片道四十五分……といったところか。

「お前らを見てるとな、もどかしいんだよ」

車を運転しながら、トミさんが話を切り出した。

「関係が拗《こじ》れた理由はよく知らんが、お前らが未《いま》だに、お互いを強く意識してんのは嫌でも分かる」

「やっぱり分かるの？」

「あったりまえだっちゃ。二十歳《はたち》になったくせに、初めて付き合った中学生カップルみてえに不器用なんだもん」

自覚なかった……。俺と鞘音からは、濃縮された青臭さが抜けていないらしい。

「お前が鞘音から離れたのは、足手纏《まと》いになると思ったからか？」

「うん……。今回の祭りだって俺の影響力は皆無だったし、鞘音に動かされた観客ばかりだったと思うよ……」

「でも、お前の行動は無意味じゃなかった。鞘音っていう強大な存在を引っ張り出せたのは、修が無意味を積み上げ続けたからだっちゃ？」

「無意味を積み上げても、結局は無意味じゃないの？」

「あっはっはーっ！　行動の意味や結果はどうでもいいんだよ！　行動を起こすことが相手の気持ちを動かすんだべや！」

しんみりとした空気になるかと思いきや、トミさんは大口を開けて愉快に笑った。

「エミリィがプロを目指してたのは知ってるべ？　高校を卒業する直前まで、あいつは上京するつもりだったんだど」

「そうだったの⁉」

プロ志望は知っていたけど、上京まで考えていたのは初耳だ。

「長男の俺は親の面倒とか実家の米作りもあるし、エミリィも本気で音楽漬けになりたいからって。中途半端な遠距離恋愛になるなら、円満に別れたほうが、お互いのため……みたいな空気があったわけだ」

厳密には異なるけど、心情は俺と似ているかもしれない。

「夢を追うあいつの邪魔をしちゃいけないとか、悩みまくった日々もあったど？　でも、俺はエミリィが好きすぎたから、意地でも別れたくなかった」

「それで、トミさんはどうしたの？」

「究極の結論に辿《たど》り着《つ》いた。結婚を申し込むっていうな」

この人の行動力は化け物だ。

俺たちのコネでエミ姉と知り合った時代から、格段に進化している。

「だって好きなもんは仕方ないべ。当時流行《はや》ってた自己紹介サイトの『住んでいるところ』欄に『エミリィのとなり（わら）』とか書いていたレベルだおん。メアドはもちろん、付き合い出した記念日＋Ｆｏｒｅｖｅｒみたいな感じだったぜ」

きもっ。寒気がした。

「苦笑いしてんじゃねぇ！　ガラケー世代の青春をバカにすんなや！」

「するよ！　歩く黒歴史じゃん！」

「メールの返事待ちでセンターに何度も問い合わせしたり、電波が悪いとアンテナをひたすら揺すったりな！　エミリィ用の着ムービーが流れた時は嬉《うれ》しかったぁ！」

「何を言ってるのか一つも分かんないってば！」

トミさんが「それでな～」と仕切り直し、脱線しかけた話題を戻す。

「十年前の上京の日、旅名川駅から電車に乗ろうとしたエミリィを、咄嗟《とっさ》に抱き締めたのは憶《おぼ》えてる。お前が夢を諦めたぶん、俺が世界一幸せにするから……って」

「クサい台詞《せりふ》だね」

「は？　めちゃくちゃ感動のプロポーズだべや！」

「うん……憧れる。俺と違ってトミさんは男らしいから、行動を起こせるんだ」

五年前、俺も勇気を出していれば……違う未来になっていたのかな。

「エミリィを平凡な人生に道連れてしまったけどよ、後悔はしてねぇ。音楽の道で成功していたとしても、それに負けねぇくらいの幸せな家庭にする自信があっから」

「エミ姉も後悔なんてしてないと思うよ。夢はリーゼに託した……ってさ」

俺の言葉を聞き、

「そうかぁ。そりゃあよかった。あんとき勇気を出して……よかった」

厳《いか》つい容姿に似合わない穏和な表情になるトミさん。

「俺らみたいな凡人は、手が届くうちに摑《つか》まえないと一生後悔するど。エミリィも速かったが、鞘音の進歩は比べ物にならねぇ。凡人にも千載一遇のチャンスは巡ってくるが、ほとんどが気付けずに終わる。気付いたとしても、ほんの一瞬だけだ」

実体験したトミさんが言うと、かなりの説得力がある。

俺のラストチャンスは、この一瞬だけ。

歩き出すのが遅すぎた俺でも、懸命に叫べば手が届く。闇雲に迷走していた鞘音が一時的に立ち止まっているとしたら——お互いの未来は未だ、繋がっている。

俺の人生に鞘音がいる未来へと、必ず繫がっているんだ。

「今度は後悔しないように、自分の感情を出し切ってこい。鞘音のためとか、相手の立場とか、そんなことは排除しろっちゃ。好きになったら、そんなことは関係ねぇ」

「好きになったら……」

「修が鞘音をどう想《おも》っているのか、どうしたいのか、それだけを伝えればいいのさ。お前が気持ちをぶつければ、鞘音も全力で投げ返してくれっから！」

　左手を握り締め、こちらに突き出してくるトミさん。俺は同じように右拳を突き出し、お互いにコツンと軽く当てた。

　男の友情は頼もしい。逡巡《しゅんじゅん》の靄《もや》を振り払ってくれたり、迷った背中を押してくれる。

「俺……トミさんと出会えて良かったよ。これからもよろしく！」

「おう！　制限速度で飛ばしていくど！」

　無骨に歯を見せて笑みながら、トミさんはアクセルを踏み直す。窓から望める街並みは、既に春咲市の中心に差し掛かっていた。

　待っていてくれ。

　お前を見送りに行くんじゃない。

　俺の隣へ連れ戻しに行くから、告白される心構えをしながら待っていろ。

＊＊＊＊＊

「寒い……」

　わたしは分厚い手袋の両手を擦《こす》り合わせた。

　東京に比べて、ここの夜はだいぶ冷え込む。肌に馴染《なじ》む乾いた冷風とも、今日でお別れなんだけど。懐かしかったな。地元の風景、温泉の香り、人々の温かさ。

夜九時七分――春咲駅。ローカル線から、新幹線に乗り換えるための場所。新幹線の到着時刻までは、多少の余裕があった。

自動販売機でホットココアを買い、小規模な待合室の椅子に腰掛ける。凍りつきそうな身体《からだ》の芯。手袋を外した手にじんわりと染み渡るココア缶の微熱。

駅構内のアナウンスは、在来線や新幹線の終電時刻を知らせていた。もう間もなく、春咲市が眠りにつこうとしている。時間的に利用客も疎《まば》らだし、変装用の伊達《だて》メガネは掛けなくてもよかったかな。

旅名川はとっくに真っ暗だろうけど。わたしが実家を出発する頃には、もう明かりが灯《とも》る家のほうが少なかったしね。

東京は夜でも眩《まぶ》しい。上京してから一ヵ月くらいは慣れなかった。

ホームシックになり、何度も泣きそうになった田舎者。

でも、数ヵ月で適応した。学業と音楽業の忙《せわ》しない毎日を送るうちに、寂しさを忘れることができたから。

ただ一つ――修への気持ちを除いて。存在を失ってから、日に日に膨張していく渇望に抗《あらが》えない。絶対に忘れることができない。

彼は麻薬みたいな奴《やつ》。繋《つな》がりを絶とうとしても、発作のように脳が追い求めてしまう。

「二十歳《はたち》……か」

実感がない。容姿は成長しても、内面は中学生のまま止まっている。わたしの時間も、五年前に縛られ続けている。いや……過去形になった。

わたしは、断ち切るために帰ってきた。修への依存を。桐山鞘音としての過去を払拭し、新たなスタートを切るために。

中学から機種変をしていない旧型のスマホ。最新の着信履歴には、アドレス帳に登録されていない番号が表示されていた。

「今ごろ初めて連絡してくるとか……なんなの」

遅すぎるでしょ。わたしが連絡先を渡したのは五年以上前だよ。

もう、あなたの隣にいた桐山鞘音じゃない。

今さら……電話してこないで。旅名川を離れる瞬間は、あなたに会わないようにしていたんだから。声だって……聞きたくない。聞くわけにはいかない。

今、あなたに会ってしまったら、わたしは――

アドレス帳への登録画面に触れるも、数秒後にキャンセル。着信履歴から削除した。

これでいい。なぜか震える自分に、そう言い聞かせる。

思ったより楽しかったな、地元。家族も元気そうだったし、寂れた町並みでも地元の人たちの活気は変わっていない。

閉校になる前の旅中を訪問できてよかった。バカ清……トミお兄ちゃんやエミリィさん、リーゼちゃんと再会できて嬉しかった。

皆と旅名川祭りに参加したのは想定外だった。

修の近くで歌えるなんて、夢にも思わなかった。

楽しい夢は、いつか終わる。桐山鞘音の時間も、もうすぐ終わり。

帰ってくる度に思い出すのは嫌だから、暫《しばら》くは帰らない。わたしは独りでも大丈夫。

未練と依存を断ち切り、先の見えない不透明な未来へ進む。

自分の意思を殺す。感情なんて捨てる。大量に売るための楽曲を製造し、大多数の趣向を反映させながら歌い続ける。

わたしはＳＡＹＡＮＥ――あなたのためには、もう歌えない。

緩やかに経過したカウントダウン。温《ぬる》くなったココアを飲み切ったのと同時に、新幹線の到着予定を知らせるアナウンスが流れた。

そろそろ、行かなきゃ。

空き缶をゴミ箱へ。アコギ入りのギターケースを背負い、キャリーバッグを引きながら待合室を出る。スマホに接続したイヤホンを両耳に差すのも忘れない。

ローカル線の車内でも、繰り返し聴いていた曲を再生した。曲名が付くことはない。世の中に流れないのだから、気取った名前なんて不要。

歌詞は振ってあるけれど、歌う相手はいない。

最後に歌いたかった。たった一人の、好きな人のために。

閑散としたホームに降り立つ。アナウンスと共に刻々と迫る新幹線の足音が、夢物語の終演をはっきりと告げてくれた。

お酒は飲めなかったけど、あなたの家でやった飲み会……楽しかったよ。もうちょっと誕生日が前倒しできたら良かったのにね。

釣りとかキックベース……たまにやるだけなら悪くないかな。あなたは運動不足すぎるから、一から鍛えて出直しなさい。

旅名川祭り……もっと、もっと、たくさんの楽曲をやりたかった。新曲もお披露目《ひろめ》したかったけど、もう不可能だと思う。ごめん。

ほろ苦い記憶が詰まった旅中が、閉校になるのは寂しい。せめて、あなただけでも思い出の最後を看取《みと》ってきてくれるかな。

体調悪かったみたいだから、ずっと心配。面倒な女は消えるので、たっぷり休養をとって健康なニート生活を満喫してください。

気が向いたら、鍵盤にも触ってください。

〝be with you〟を、名前の無い新曲を、忘れないように……弾いてください。

誕生日プレゼント……ありがとう。

好きな人が約束を果たしてくれて、わたしは幸せ者です。

断ち切るための歌をもらっても、忘れない。わたしは、今年の誕生日を忘れないから。

じゃあね、修。

桐山鞘音は、あなたが大好きでした。

＊＊＊＊＊

駅前ロータリーに車を停車させたトミさん。助手席から飛び降りるように駆け出した俺は、改札へと繋《つな》がる階段をひたすら昇る。

新幹線の発車時刻など、疾《と》うに過ぎているにも拘《かか》わらず。

運動不足なんて知るか。足の骨や筋肉など、ぶっ壊れてもいい。

鞘音に会わせてくれ。

二度と離れたくないんだ。一縷《いちる》の希望など、あり得ないかもしれない。自分の気持ちに気付くのが遅すぎたのかもしれない。

静まり返っていた構内。売店は営業時間を終え、駅員や利用客は片手で数えられるほど。

淡い電灯が照らす待合室にも人影はなかった。

あいつは離れていく。必死に手を伸ばしても届かない距離へと。

探す。探し続ける。

数ヵ所もある駅の出入り口付近を見回したり、誰もいない切符売り場や待合室を執拗《しつよう》に往復したり。激しく息を切らしながら、ガラスの膝を酷使する。
いない。鞘音の姿はどこにも見当たらない。
いるはずのない人を探すとか、憐《あわ》れで無様にも程がある。もしかしたら擦れ違っている
だけかも、実はどこかに隠れているだけかも。
希望というよりは切望。俺を突き動かすのは、もはやそれだけ。
後悔したくないんだ。臆病な行動であいつを傷つけ、積み上げた信頼をぶち壊したから
こそ、今度は——絶対に追いついてみせる。

唯一の心当たりがあるとしたら駅前の広場。鞘音と初めての路上ライブを決行した場所
だが、今現在は無数のベンチが薄暗く佇《たたず》んでいるだけ。
脳裏に再生されたのは、最初で最後のストリートライブ。不慣れだったから、市役所へ
の許可取りに手こずった。鞘音より緊張して、当日は腹痛だった。百枚ほど用意した自作
CDがまったく足りず、買えない人からクレームの嵐だった。
それでも、ライブの直後に二人で分け合った充実感。鞘音とファミレスのドリンクバー
で乾杯したり「次のライブは〜」なんてお互いに妄想したり……。
いろいろ……いろいろな光景が忙《せわ》しなく過《よぎ》る。
その翌日には逃げ出してしまったけど、鮮明な思い出は偽りでも幻想でもない。
だって……あいつも同じ。共有した記憶が絶対に残っているはずだから。

確かに存在していたんだ。

俺たちの軌跡が、この場所にも。

規則正しく立ち並んだ街灯の光源が、おぼろげに照らしてくる中で、自らのスマホを操作。冷え切った耳に、そっと押し当てた。

あいつの番号は、五年前と変わっていない。

電波では繋がっている。

諦めの悪い男が、最後に足掻《あが》く理由としては充分だろう。

…………。

……。

頼む。

…………。

……。

細すぎる糸だとしても、完全に途切れていなければ——

十回目のコールに差し掛かった瞬間、機械的な音が消失。

反射的に確認した画面は『通話中』の文字と秒数が表示された。

「違う人だったらすみません」

無言の誰かさんに、

「でも、鞘音だったら聞いてほしい」

一方的な想《おも》いを伝えるのを許してくれ。

「……お前に捨てられるのが怖かった。いずれ、才能に追いつけなくなるのが分かっていたから、応援するふりをして……逃げたんだ」

──聞こえるのは、僅かな息遣い。

「俺は……お前がプロになることを望んでいたんじゃない！ 俺のために歌ってほしかったんだ！」

『──うん。わたしも、修のために歌いたい』

声が……繋がった。

『──あなたが……修が求めてくれるなら、わたしは側《そば》にいる。いつまでも、側にいる』

伸ばした手を、摑《つか》んでくれる人がいてくれた。

「……どうして、俺たちは素直になれなかったんだろうな」

『──思春期っていうのは……そんなものよ。わたしたちは恋人より近すぎたから、一度は離れないと見えないものがあった……それだけ』

生まれてから十数年の人生を、幼馴染《おさななじ》みの隣で過ごした二人。

一緒にいて当たり前だった関係に思春期の変化が生じたとき、俺たちはどうしていいのか分からず、幼馴染みでいることすら放棄してしまった。

「幼馴染みじゃなかったら、お互いの青春を失うこともなかったのかな？」

『――いや』

「えっ……？」

電話の向こう側からでも分かる。心なしか不機嫌になった雰囲気を。

『――修と過ごしたすべての日々が好き。だから、二度とそんなことを言わないで』

「ごめんなさい……」

相も変わらず、怒られる。俺はたぶん、父さんと同じで尻に敷かれるタイプだ。

『――離れていた五年間は〝空白〟じゃないわ。そんな言葉で片付けたくないの』

「俺もそう思う。恋人より近い人を失ったからこそ、自分の気持ちを再確認できたんだ」

苦しんだ末に失った時間は、何もない空白なんかと同義じゃない。

渇望に喘《あえ》ぎ、お互いを病的に求め合う感情が、確かに存在していた。

『――わたしは依存を断ち切ろうと思ったのに……どうして電話してくるの？　どうして、会いにきてしまったの？』

「俺は、お前から逃げたけど……この想いだけは、どこにも消えることはなかった」

答えなんて、一つしかない。

「鞘音が好きだから。ずっと、俺の隣にいてほしいと心から願うよ」

……沈黙が苦しい。

電話口からは、何も聞こえてはこない。

それもそのはずだ。


「わたしも、修が大好き。ずっと前から、ずっと好き」

踵《きびす》を返すと、そこにいてくれるのだから。

柔らかく微笑《ほほえ》みながら、俺を真正面から見据えてくれる女の子。

「お前……最終の新幹線は……？」

「……あんなタイミングで電話とか……ズルい。あなたが迎えに来るなら、わたしは待たなきゃいけない。あの場所であなたと過ごしたいって……思っちゃうよ」

遅すぎた初電話は二人を繋《つな》ぎ止《と》めてくれる魔法。

俺が「迎えに行く」と誓ったから、鞘音は信じて、踏み止《とど》まってくれた。

五年前は逃げ出してしまったけれど、今度は、今度こそは、約束を守ることができた。

「ごめん……本当に遅くなったな」

「……アドレス帳に登録するね。ダメって言われても登録するけど」

「むしろ、よろしくお願いします」

ようやく、追いつくことができた。

最愛の人に、気持ちを伝えることができたんだ。

「一人で登録できるのか？」

「馬鹿にしないで。もう子供じゃないから」

胸を躍らせながら、俺の番号をアドレス帳に登録する鞘音が愛《いと》おしい。

「……ほら、登録した」

完了した登録画面を見せつけてくる鞘音が、この世の何よりも愛おしい。

「俺がお前と出会えたのは、母親同士が同級生で、偶然にも実家が近くて、同じ年代に生まれた〝ただの運〟だけだと思っていたんだ。でもさ、それが〝運命〟だとしたら、壮大で素敵なことだと思わないか？」

「ふふっ……キザすぎ。そういうのは歌詞だけにしておいて」

冷え切った口元を緩ませ、悪戯《いたずら》な微笑を吹き出す鞘音。

こんなクサい台詞《せりふ》を堂々と披露できる今の俺に、怖いものなどあるわけがない。

「俺は——お前の隣を歩いていたい。同じ速度で、置いていかれないように。頑張るからさ……。お前のために生きるから、俺のために歌ってくれますか……？」

「……うん」

「もう一度、一緒に人生を歩んでくれますか……？」

「……うん」

「松本修のすべてをかけて、桐山鞘音を好きになってもいいですか……？」

潤み切った瞳から溢《こぼ》した彼女の涙。

本当に嬉《うれ》しそうで、触ってしまったら壊れそうなくらい繊細で。

「遅いよ……ばか。何年待たせるんだか」

思わず駆け出した鞘音が、俺の懐に飛び込む。失ったはずの感触や香りを逃がさないよう、全力で抱き締めた。華奢《きゃしゃ》な身体《からだ》を、すべて包み込むように。

手放さない。やっと、やっと……お互いの想いが重なったのだから。

「これからは……修といっぱいライブしたい」

できなかったライブ……いっぱいやろう。

「修と……甘いお酒が飲みたい」

いつでも大歓迎だ。

「修と過ごした日々は……幻想なんかじゃない」

五年前、俺たちは麻薬と依存の関係に陥った。物理的に離れていても、精神的に離れられない。渇望が発作を起こしても、自分の側に相手はいない。恋人より近かった幼馴染みは、近すぎて焦点が合わなかった。遠すぎても視界に入らなかった。

終止符を打つ。

二人が適切な距離を見出《みいだ》し、不器用でも歩み寄ったことで。

触れたいときに触れ合える。体温まで交わせる距離に君がいる。

直接、歌声を聴かせてくれる。それだけで良かった。

幼馴染みではなく、恋人として。

小さな夢を語らう等身大の日々に戻ろう。

「鞘音、誕生日おめでとう」

最後は笑って死ねる、じゃない。

俺は笑って、鞘音と生きる。

ずっと、あの場所で——運命が二人を別《わか》つことになろうと。

「あなたと作った新曲を、あなたのために歌わせてください」

大切な人を、場所を、思い出を、記憶から奪われたとしても。
言語に障害をきたし、名を呼べなくなったとしても。
身体に麻痺《まひ》が生じ、この人のために曲を作れなくなっても。
最愛の姿が瞳に映らなくなったとしても。
俺が生きていることで、幸せになってくれる人がいるのなら。

# エピローグ

枯れ葉色だった風景が、真っ白なキャンバスにリセットされていく。

春になったら、鮮やかな色彩を描くために。子供が好むパステルカラーの絵の具で、神様が色を塗っていく季節への準備。

吐く息も白塗り。緩やかに舞い降りる冷たい結晶は、人肌に触れると儚《はかな》く溶け消えた。

都会が聖夜への日数を数えていても、旅名川《たびながわ》はさほど変わらない。駅前に一本だけ聳《そび》え立《た》つ樹木へ、低予算の淡いイルミネーションが施されているだけ。

しかし、季節は廻《めぐ》っている。今年初めての空疎な粉雪が、厳冬の到来を告げてくれる。

「……こちらとしても、ぜひお願いしたいねー。在校生の他に、歴代の卒業生たちを招待しても構わないかなー？」

「そのあたりは教頭先生にお任せします。お世話になった旅中《たびちゅう》の最後ですから、大勢で賑《にぎ》やかに見送りたいですよね」

俺が訪れていたのは、旅中の簡易な応接室。廃校まで三ヵ月余りとなった校舎内は清掃や片付けが進み、やけに広く閑散としていた。

もうすぐ、旅中が無くなるのは現実——嫌でも、そう認識せざるを得ない。

対面に腰掛けていた教頭が緑茶を啜《すす》ると、机に置かれていた名刺を手に取った。

「しかし、松本君《まつもと》も〝会社の代表〟かー。短期間で大出世したねー」

「あはは……自主レーベルなので、必然的にこうなっただけですから」

苦笑い。

「ステージの増設や花道、照明器具なども俺のほうで準備します。イベント会社と交渉して、安くレンタルできるようにしました」

「費用はあるのかいー？」

「動画の広告収入と楽曲のダウンロード販売で、一応は黒字です。まあ、あいつの知名度におんぶに抱っこって感じですけど」

「謙遜することはないさー。あの子が気持ち良さそうに歌えているのも、君が縁の下で支えているからじゃないかー？」

やや自虐的な俺を、陽気な声色で労《ねぎら》ってくれる教頭。似合わないスマホを弄《いじ》り出したと思いきや『とある楽曲』を颯爽《さっそう》と流す。

「五年前はすぐに完売してCDを買えなかったから、ファンとしては待ちわびたよねー」

二人で作った初めての曲を。

「賑《にぎ》わっているよ、確実にー。キミたちが再びライブするようになってから、この町は消え行く町じゃなくなったー」

「大げさです。鞘音《さやね》の歌を楽しみに来てくれる人たちが増えただけで」

「はっはっは、僕が勝手に思っているだけさー。何もなかったところに唯一の楽しみができた……それだけで充分、この町が光り輝いているように見えるよ」

窓の外を眺めながら、教頭が優しげな声色を漏らした。

活気を無くし、名前まで奪われ、やがて消え行く運命にあった町の残骸。俺たちを育て、見守ってくれていた場所に、人々に、ささやかな恩返しを——していこう。

それは、俺たちにしかできないから。

「僕にできることは協力するから、いつでもまた来なさいー。三月の旅中ラストライブ、すごく楽しみにしているぞー」

「……ありがとうございます！」

突発的に熱くなった目頭を隠すため、俺は深々と頭を下げた。

「今度は依夜莉《いより》も連れてくるといい。茶菓子くらいなら出せるからさー」

「はい！　今度は母さんと……必ず来ますから」

三十分程度の打ち合わせを終え、応接室から出ようと立ち上がった瞬間——

「……っ！」

机の脚に足を引っかけて、力無くよろけてしまう。右腕を使い、左側の壁を丁寧に触りながら歩を進め、応接室のドアを不格好に開いた。

感覚が乏しい左足を引きずり、前へ。

ひたすら、前へ。

「松本君……もしかして、視えていないのかい？」

「いえ……少し視え辛いだけです」

懸念する教頭を背に、意味のない強がり。

半分だけ欠けた世界は、記憶を頼りに書き足せばいい。あいつを頼りに、思い描けばいい。造作もないことだ。

「手を貸そうか？　とても辛《つら》そうだ……」

「辛くないですよ。日々やるべきことがあって、やりたいことがあって、毎日でも会いたい人たちがいる――」

正常な感覚を失いつつある中でも、しっかりと踵《きびす》を返し、

「そんな日常が、本当に楽しくて仕方ないんです」

老人の心配を精一杯の笑顔で払拭してやった。

閉校する前に、近いうちに今度は母さんも連れてくるから……その時は三人で茶菓子でも食べながら、職員室で他愛《たあい》もない雑談でもしたいな。

面白いに決まっている。教頭が知っている母さんと父さんの昔話なんて、息子は興味本位を禁じ得ない。

恋の話は歌詞用のメモ帳に書き記しておこう。

絶対忘れないために。

何年経《た》っても、初々しい感情を無くさないために。

——聴こえる。あいつの、あいつだけの音。

すぐに分かるよ。

息絶えた細胞までも昂《たか》ぶらせてくれるから。

「彼女、来ているみたいだねー」

同様の察し方をした教頭に会釈し、俺は『音の根源』へ。

簡単な打ち合わせと伝えてあるから、実家で待機していると思ったのに。

相変わらず落ち着きがないな、あいつは。


教室沿いの手狭な避難経路を通り、足元の花壇で転倒しそうになりながら、不機嫌な寒空の下をゆっくりと進む。

中学の頃、教師に頼まれていたっけ。授業をサボる問題児を連れ戻すように、と。

今、俺が不格好に歩いているこのルートは、当時とまったく同じ。

取り壊しという余命宣告を受けたセピア調な情景は、今年度を以《もっ》て消えてしまう。

それでも、大丈夫。

あの頃から——胸に抱いた想《おも》いは、どこにも攫《さら》われることはない。

だから、居場所なんて手に取るように分かる。俺たちは、その場所で恋心を育んだ。

記憶が、思い出が、歌声が、導いてくれる。

愛する人へと確実に繋《つな》がっているんだ。


体育館の側《そば》からグラウンドへと降りられる無骨な階段。

冷え切った中段へ腰を下ろし、エミ姉《ねえ》から譲り受けたギターを弾き語る少女。

細かい銀色の雪粒が降り注ぐものの、手袋は着用していない。精緻な指先を赤く剝《む》き出しにさせながら、見覚えのある安いピックで弦を揺らす。

口遊《くちずさ》んでいる詩は〝恋人同士の幼馴染《おさななじ》み〟を表現していた。恋人より近い二人、失った青春、五年の依存、再会という神様の悪戯《いたずら》。

最上段に立つ男が聴き惚《ほ》れたのは、青春のページが凝縮された一つの詩《うた》。

新曲〝Loss Time〟に添えられた歌詞によって、俺は振り返ることができる。

草花が華やかに色付いた時期に、河川敷の特等席で聴くのが待ちきれない。

咲き誇る桜並木と、敷き詰められた菜の花。春の息吹を眺めながら、恋人のすぐ隣で。

その未来へと導いてくれ。

二人の軌跡をこれからも作り続けていくために。

やがて過去の面影が真っ黒に侵されても、お前の存在を思い出せたなら――

桐山《きりやま》鞘音を、何度でも、愛することができる。

後ろを振り返り、自然体で微笑《ほほえ》みかけてくれる彼女を。
独りだと何もできない。
でも、二人なら不可能なんてない。
どこまでも、どんな未来にでも行こう。
この場所からいろんな夢を見よう。
青臭い馬鹿なガキだから、最初の曲をこう名付けていたんだ。
キミと一緒に《be with you》――と。

# あとがき

『キミの忘れかたを教えて』という物語は、私の実体験や抱いていた想《おも》いを礎にしています。私が通っていた中学校では、先輩たちの真似《まね》をして後輩も音楽を始めるという伝統があり、私も同級生五人でロックバンドを組みました。

地元の夏祭りや中学の文化祭で演奏したことは、今でも友達と語り合いますし、音楽を仕事にしている友達もいます。

様々な思い出が詰まった母校は統廃合により、もうありません。

懐かしい、と感じるような校舎も無くなりました。

それから数年の月日が経過し、私は就職のために都会へ移住。職務の合間を縫って帰省するたびに、地元の風景は少しずつ、少しずつ、変わっていきました。

住人が減ることにより、集う場所の衰退も避けられません。

潰れた店舗の跡地に真新しい葬儀屋が建っていたときは、どことなく寂しさがあったのを覚えています。

交流のあった地元の人も、私が大人になるにつれて徐々にいなくなっていきます。実子とは別居していた近所のお爺《じい》さんが孤独死していたのを知りました。

逆らえない時代の流れだと理解しつつも、もどかしい心境を形にしたい。伝えたい。

二十代の若造が「何かを書きたい」と願った動機としては充分ではないでしょうか。

商業的な面は考慮していない企画にも拘《かか》わらず「こういう良い話がポシャるのはもったいないと思いますので」と、前向きに進めてくださった担当さん。感謝に堪えません。

旅名川《たびながわ》という架空の田舎町で紡がれる不格好な恋。

執筆・改稿していた春先ごろ、シンガーソングライターの石崎《いしざき》ひゅーいさんがリリースした〝ピリオド〟という曲を聴いていました。

別れた彼女を想う男の女々しい感情を表した切ない歌は、主人公の修《しゅう》にも共通するところがあり、私が無意識に雰囲気を重ねていたのかな――とも思います。

このような悲恋のバラードを鞘音《さやね》は好み、修は青春パンクが好きなんですけど、本編ではあまり触れられませんでしたね。

物語を彩るイラストはフライさんがいい、独特の透明感や色彩を描くことができるのはフライさんしかいない――そう思って担当さんに要望を出したところ、有難いことに引き受けて頂きました。素敵なイラストが届くたび、素直に感動してしまいました。

フライさん、お忙しい中で本当にありがとうございます。

この物語は、ここまではプロローグであり、完結はしていません。

もしかしたら、結末は書かないほうがいいのかもしれません。

それでも見届けてくれる人がいるのなら、最後まで書き続けたいと思っています。

あまさきみりと

# キミの忘《わす》れかたを教《おし》えて

著　あまさきみりと

角川スニーカー文庫　21018

2018年9月1日　初版発行

発行者　三坂泰二

発　行　株式会社KADOKAWA
〒102-8177 東京都千代田区富士見2-13-3
電話　0570-002-301（ナビダイヤル）

印刷所　旭印刷株式会社
製本所　株式会社ビルディング・ブックセンター


Printed in Japan　ISBN 978-4-04-107091-8　C0193

**★ご意見、ご感想をお送りください★**
〒102-8078 東京都千代田区富士見 1-8-19
株式会社KADOKAWA　角川スニーカー文庫編集部気付
「あまさきみりと」先生
「フライ」先生